The White Czar : A Story of Polar Bear

# 白沙皇：
# 一只北极熊

〔美〕克拉伦斯·霍克斯 / 著

何利锋 / 译

图书在版编目（CIP）数据

白沙皇：一只北极熊 /(美) 克拉伦斯·霍克斯著；
何利锋译. -- 重庆：重庆出版社, 2024.8
ISBN 978-7-229-18589-3

Ⅰ.①白… Ⅱ.①克… ②何… Ⅲ.①儿童小说 - 长篇小说 - 美国 - 现代 Ⅳ.①I712.84

中国国家版本馆CIP数据核字（2024）第076807号

白沙皇：一只北极熊
BAI SHAHUANG: YIZHI BEIJIXIONG
〔美〕克拉伦斯·霍克斯 著　何利锋 译

责任编辑：周北川
责任校对：刘春莉　刘小燕
封面设计：李楚依

重庆出版集团
重庆出版社　出版

重庆市南岸区南滨路162号1幢　邮政编码：400061　http://www.cqph.com
三河市金泰源印务有限公司
重庆出版集团图书发行有限公司发行
E-MAIL：fxchu@cqph.com　邮购电话：023-61520417
全国新华书店经销

开本：787mm×1092mm　1/16　印张：7.5　字数：83千字
版次：2024年9月第1版　印次：2024年9月第1次印刷
ISBN 978-7-229-18589-3
定价：26.00元

如有印装质量问题，请向本集团图书发行有限公司调换：023-61520417

**版权所有　侵权必究**

## "传世动物文学"书系（100卷本）简介

动物文学资源丰富多彩，被介绍到中国来的外国作品只是其中很小的一部分。到目前为止，图书市场上没有一套成系统、有规模地囊括世界各国动物文学的书系，"传世动物文学"书系就是要把世界各国优秀的动物文学作品，分批次、成系统地介绍给中国的少年儿童读者，让他们对动物文学的多样化有一个全方位、新鲜的了解。本书系计划出版100本。

动物不只是冷漠无情、凶猛好斗，它们也有天真单纯、优雅有趣的一面；我们也能发现它们的灵性与智慧，还可感受到它们友爱的家庭氛围，甚至被它们的自我牺牲精神所震撼。动物的世界是人类世界的缩影，动物的生活和人的现实生活一样，有着悲欢离合的故事，也闪烁着打动人的美德。读每一本书就是在森林里上一堂课，从这些森林课堂里孩子们会懂得许多有关人与自然的道理，明白人和动物不是仇敌，而是平等的灵魂。只有理解、尊重并爱护它们，才不会招致它们的误解，才会得到它们善意的回报。

让我们走向大自然，走进神秘的动物世界，近距离了解与我们同一片蓝天、同一个家园的朋友——动物。

北极熊冲着艾思忧发出一声愤怒的嗥叫

# 前 言

在地球上有人居住的地方，因纽特人的大地尤为严寒和荒凉。因纽特人乐观的口号，或者说是问候语——阿克苏斯，意思就是要坚强。

天寒地冻，风雪交加，土地贫瘠，加上其他诸多令人生畏的自然条件——只有力量强大的人才能在这里生存下来。正是有强健的体魄和不屈的灵魂，他们得以在恶劣的环境下打赢了其他种族不能承受的生存之战。在哈里·惠特尼的一则狩猎故事中，他讲述了一支因纽特狩猎队外出捕猎驯鹿的遭遇。他们赶上了一场千载难逢的暴风雪，整支狩猎队仅剩一位白发苍苍的长者归来。这位老猎人对失踪的同伴担心不已，他俩乃是至交。当他对其他因纽特人提及自己的忧虑时，他们仅仅付之一笑。"没事的，"他们说，"他会平安回来。"

老猎人后来发现，自己的担心有如杞人忧天。

落单的因纽特人发现自己受困于暴风雪，他干脆在雪地里挖个有模有样的屋子，群犬也倾力相助，然后他如同在自家的雪屋一样安然入睡。

因纽特人名义上是基督教徒，北美东海岸的因纽特人从1771年起逐渐皈依摩拉维亚教会。大约在150年前，亚洲的希腊式教堂上所用的一些精美大钟也在阿拉斯加铸造。与此同时，阿拉斯加半岛的因纽特人已基本上向希腊教会靠拢。

因纽特人与其他多数原始人类在异教徒的观念上并无二致。他们相信地球是平坦的，以四只脚作为支撑。但是我们直到四百年前才相信地球是平坦的。他们相信天空是另一个世界的地面，是一些善良的人们死后的去所。他们也相信，在我们的世界底下还有一个世界，是一些人死后的魂归之处。他们是宿命论者，相信外来力量对他们的支配，而这些外来力量通常是邪恶的。时至今日，许多宿命论思想依然左右他们的生活。

在一场流行病期间，与他们共处的一位牧师试图阻止他们走村串户。但是他们嗤之以鼻，说如果上天有意为之，他们只能顺其自然；如果上天要他们死，他们不得不死，处处防范有什么用呢？

从下拉布拉多沿海到格陵兰岛，都是因纽特人的栖居地。在寒冷的格陵兰岛上，这种奇怪的人类占据了大多数地方。岛的北部居住着因纽特人中唯一保持原始习性的部落。这些野人与开化的因纽特人老死不相往来，是不折不扣的雪域猎神。

这片荒凉的大地沿着英属北美的北方海岸延伸到阿拉斯加半岛，直到西海岸的阿留申群岛。因纽特人与阿留申群岛上的印第安人在风俗习惯上息息相关。

因纽特人是蒙古人种的一支，他们像许多其他大型动物一样，在某个时期跨过白令海峡。然后，他们沿着英属北美的北方海岸游猎，逐渐向南远行至拉布拉多。

他们身材中等，身高约五英尺①五英寸②至五英尺六英寸，体格相当魁梧，身体略显肥胖。他们五官平坦，面如圆月，头发黝黑，有时候蓄着短小的八字须，但是没有络腮胡子。他们的眼睛小而黑，眼神异常犀利。开心的憨笑是他们的一贯神态，您看得出来，他们生性善良。他们的手足短小，手臂圆如幼童，直到完全成年后才有所改观。实际上，因纽特人长得就像未成年的孩子，他们的心智也有如孩子。

同其他半开化的种族一样，因纽特人没有酋长，但他们的部落由称为头领的智者管理。

他们的法律主要涉及狩猎和对器具的所有权，但是没有对不动产的所有权，因为他们一直奔波在捕猎和捕鱼的路上。

因纽特人的常规居所称为雪屋，通常以拾得的浮木板和浮木条作为框架，再以草皮和石头补洞。屋子大都建在山坡上，由一条长约五十英尺的隧道连接。如果您想进入一户因纽特人的家，您得趴下四肢，爬过一个脏兮兮的黑洞。当您进入屋子的时候，就像从盒子里弹出的杰克，忽地冒出在地面上。

屋子通过一张用海豹腹膜做成的窗户透光。睡床常常放在入口对面的地方，覆盖着毛长一英尺的麝牛皮袍，这些长袍与诸多皮草和兽皮确保了床铺的暖和。床铺和油灯恐怕是屋子里仅有的家具了。油灯称为南阿，由一个直径为六到十五英寸的石碗做成，碗里盛上海豹油，碗口较低的一端放上一条苔藓灯芯。灯光白晃

---

① 英美制长度单位，1英尺约等于0.3米。
② 英美制长度单位，1英寸约等于2.5厘米。

晃的，要是调好灯芯，灯光既均匀又明亮。一家人的烹饪全靠这盏灯，这就不难理解因纽特人多吃生食了。

因纽特人家里的地面上放满了生肉块、兽皮、衣服，甚至还有猎具。不过，这些东西更多的时候挂在墙上。

他们的家庭很大，有八到十个孩子，但孩子们的高死亡率令他们的人口数量寥寥可数。大人们也饱受传染病之苦，像苍蝇一样死去。北美和亚洲的因纽特人总数恐怕不超过四万，就是这个原因。

雪屋里的孩子们有着至高的地位。他们从不受到惩罚，有鉴于此，可谓是行为模范。父母对孩子们关爱有加，有如中国人敬奉祖宗。

男孩的志向是长大后成为优秀的大猎人，女孩则渴望能做出漂亮的鹿皮靴子和鸟皮衣裳。

年轻男子满二十岁时开始找对象。在多数因纽特人皈依基督教前的旧时代，他们花钱买妻子，如今变得文明多了。如果男子过于腼腆，他的父母就会向其心仪的女方父母提亲。要是双方都默许了这门亲事，他们便及时去找一位牧师或某位公证师为他们主持婚礼。在这些公务人员都不能出席的情况下，婚礼也许会按因纽特人的传统来举办，也可能根本不会举办。一旦成婚后，有幸有雪屋的男子大步回家，他的新婚妻子心领神会地紧随他的步伐。不到家门，他们不能回头。

因纽特人对妻子最大的期望就是她能成为一名好靴匠。在这些奇特的人看来，鹿皮靴子是最重要的穿戴物品，而一名好靴匠可是家里一宝。妻子也被寄予重望，能给狐狸、紫崖燕和狼獾之类的小动物剥皮，并将鸟兽皮带到市场售卖。实际上，剥皮和缝补几乎就是女人的全部人生。

因纽特人非常宠爱他们的小孩子。一旦有了新生宝贝，雪屋里就多了一个小祖宗。小小的雪娃娃被母亲塞进兜里，跟着母亲东奔西跑。在家的时候，小宝贝放在一个鹿皮囊袋里，捂得暖暖的。相比目不识丁的因纽特人，没有哪个白人为其家庭做出过更大的牺牲。要养活一个大家庭和一支犬队（因纽特人的小康家庭都会养一支犬队），可得花费不少力气。

提到因纽特人家庭的摄食量，白人恐怕要瞠目结舌了。一个因纽特成年人每天要吃十磅[①]生肉。如此算来，一个十二人加十条狗的家庭每天要消费约一百磅肉和鱼。狗得喂饱，否则它们会扯下鹿皮帐篷来吃，或嚼食套在身上的挽绳，上挽的狗尤其如此。有先见之明的驾驶员会反复敲打狗的牙齿，狗在剧痛之下就不会嚼皮挽了。他们对狗极其残忍，从不将它们视为宠物，也不过于怜悯它们。因纽特人说，怜悯会把狗宠坏，令它们畏首畏脚。

因纽特巫医依然行走江湖，如今他们主要依赖牧师和政府教导员提供药方。当憨厚的因纽特人跳起粗犷的舞蹈时，他们的乐手为其大声地击鼓助兴。因纽特人仅有的消遣可能就是串门，他们喜欢凑热闹。由于各个部落互相通婚，大家都是彼此的表兄弟和表姐妹。

因纽特女人善做漂亮的衣服。她们的一针一线分外均匀，常常令人误以为是机器缝制的。尽管衣服没有绣花纹图，大小却非常合身。几乎所有的衣服都是以驯鹿或独角鲸的肌腱缝合各种鸟

---

① 英美制质量单位，1磅约等于0.45千克。

兽皮做成的。

因纽特人的内衣分外漂亮，由约一百张海雀皮制成，难怪海雀跻身北极最实用的鸟类。鹿皮做成的外套称为帕卡，非常保暖，哪怕北极的天气也无可奈何。

因纽特男人不仅是制作雪橇的能工巧匠，而且是利用海象和独角鲸的獠牙制作装饰品的精雕大师。他们制作的雪橇不用钉子，仅用皮带将横档捆紧在滑板上。因纽特人鄙视钉子和螺丝，他们认为这些东西不耐用。

因纽特人既是猎人，也是渔夫。相比妄图在他们的领地捕猎的白人，因纽特人在这些方面的造诣完全可以秒杀他们。猎海象也许是他们最开心也是最危险的活动。他们将鱼叉掷向这种巨兽，随即紧握叉柄，任由海象拖动绑有浮标的绳子。猎人随后悄悄地跟上，将更多的鱼叉刺向受伤的巨兽，也可用步枪来打死它。要将巨大的死兽拖上冰面，他们独出心裁。两个人操纵一架原始的滑轮，将重达一吨的海象从水中拖拉到冰面上。这是白人绞尽脑汁也无法取得的成就。

独角鲸也称为海麒麟，同样是让人十分开心的捕钓对象。这种动物与海象无异，也以鱼叉和步枪捕杀。

海豹对于因纽特人同样不可或缺。他们常常捕猎这种动物，从而榨油点灯，割肉取食，剥皮制衣。

因纽特人还捕猎麝牛、驯鹿和熊。捕猎麝牛需要依赖犬队的协助。当猎物现身时，一条条松挽的狗一哄而上，很快就从四面八方围困了猎物。捕猎驯鹿的方式如出一辙，猎人常常要追上好几英里①路才能将其一枪放倒。

　　这些都是最耗体力的捕猎活动，要么在冰面，要么在海上，甚至在难以想象的苦寒之地进行。能让白人血液凝固的严寒却被因纽特人开心地忍受，庞然大物、凶禽猛兽都曾与他们短兵相见。因纽特人唯一的愿望就是可以大肆捕杀一场，为雪屋中的妇孺攫一口食。

　　因纽特人捕鱼就不如捕猎那样大费周折了，所以女人也常常上阵助力。他们使用彩绘的浮标和上色的钩子，但是不用饵料。远程捕猎时，干鱼是群犬的主粮。绒鸭也是美食，精明的人家还会备上每个夏天收藏的成千鸭蛋，至于所吃的鸭蛋是否腐败就不重要了。

　　因纽特人的雪屋从来不曾干净。寄生虫在此生生不息，在因纽特村子待过一天的白人深受其害。

　　因纽特人掐着手指和脚趾能数到二十，这是他们数数的上限。上了二十，他们就摇头了。

　　没有人能了解这些憨厚的雪娃娃，他们犹如初生牛犊，勇气可嘉，技能可敬，生性可爱。他们对重重困难的翘首以待如同白人对天降横财的满怀期待。他们不屑严寒，无畏地挑战大自然，在资源匮乏的苦寒之地求生。然而，栖息于温带地区的鸟儿却不是这样，它们贪图安逸。

　　我们在此祝福你们，因纽特先生、因纽特太太、所有的因纽特小朋友，愿你们人丁兴旺、身强体壮。你们鏖战于极地冻土，面对困难谈笑自如，我们相信你们内心安然。你们从不怨天尤人，

---

① 英美制长度单位，1英里约等于1.6千米。

拿得起也放得下，可圈可点。

你们爱孩子，也爱生孩子，令白人羡慕、效仿。

你们心地善良，令我们可望而不可即。你们蜗居于穷阎漏屋，生活于冰天雪地，你们无力改变这恶劣的生存环境。然而，你们从命运手中接过自己的生活，并且活得有模有样，我们向你们脱帽致敬，愿你们的日子冬暖夏长，渔猎满载，合家欢乐，幸福常在。

# 译者序

本书以栖身于环北冰洋沿岸的因纽特人为切口,讲述一只被当地原始居民收养的小北极熊重返自由的故事。

在冰天雪地的北极地区,环境恶劣,物资匮乏,勤劳憨厚的因纽特人在此以狩猎捕鱼为生。他们打造雪橇,驯化野狼,捕食海象、海豹、海雀等野生动物,制作皮裘皮靴,过着与世隔绝的生活。他们是蒙古人的后裔,却因远离了人类文明的腹地而淡出了历史的长河。书中主角艾思忧为了一家人的生计,与两位同伴多次搭乘雪橇外出巡猎,斩获颇丰。在一次捕猎麝牛后,独自上路的艾思忧偶遇一头正在野外觅食的大北极熊。凭着过人的胆识和娴熟的野外生存技能,他不仅反杀了大白熊,而且熬过了零下数十度的漫漫寒夜。后来,在两位同伴的协助下,他们继而捕杀了母熊,并将小熊崽带回家,从此开启了与小北极熊"白沙皇"交往的故事。

幼年的小"白沙皇"得到了艾思忧父子的悉心照料,小主人阿莫克对它更是情有独钟。随着小"白沙皇"的日渐成长,它开始有了自己的生活。"白沙皇"六岁那年,一场突如其来的瘟疫席卷因纽特人聚住的小镇,许多孩子相继离世。阿莫克有幸躲过了一劫，却因患病而双目失明。就在此时，南方城里的动物园遣人来北疆搜罗珍禽异兽，"白沙皇"成为首当其冲的目标。在艾思忧的帮助下，他们成功地抓获了"白沙皇"。作为回馈，他们应承带阿莫克去大城市看医生。在经历途中的种种惊险后，阿莫克到达了医院，并在医生的治疗下恢复了视力，城市的花花世界也让这对父子大开眼界。与此同时，动物园里的"白沙皇"过着居食无忧的生活，虽有父子二人的时常探访，但它无时无刻不思念生它养它的北极之地。一次偶然的机会，"白沙皇"有幸逃离了动物园。它跋山涉水，风餐露宿，历尽千辛万苦终于如愿以偿地回到了故土。从此，它成为北极地区的自由之熊，不再眷念人间的舒适生活。

　　在写作本书的过程中，作者多次对因纽特人的原始狩猎方式和顽强拼搏精神表达了自己的由衷钦佩，并奉之为英雄。而在艾思忧父子俩看来，谁才是终极的英雄呢？让我们翻开这本书，一起来找到答案吧！

何利锋

2022 年 1 月 12 日

# 目录
CONTENTS

第一章　　起篇　　　　　　　　001

第二章　　捕猎麝牛　　　　　　005

第三章　　遇上"白沙皇"　　　　016

第四章　　狩猎队凯旋　　　　　022

第五章　　巨怪矮沃客　　　　　028

第六章　　"沙皇皇后"　　　　　031

第七章　　"白菜"　　　　　　　037

第八章　　"白菜"和小阿莫克　　044

第九章　　"白沙皇"　　　　　　053

第十章　　背叛　　　　　　　　063

第十一章　撞上冰山　　　　　　070

第十二章　两个俘虏　　　　　　081

第十三章　逃遁北方　　　　　　089

第十四章　最后一面　　　　　　098

# 第一章 起 篇

　　因纽特人聚住的小镇坐落在一片乱石嶙峋的山坡下，只为尽可能地遮风避雪。但是，在这些北极之地，寒风常年势不可挡，终究难觅藏身的山沟或深谷。因纽特人的小屋称为雪屋，部分建在地下，半掩埋在吹雪之中。这样的小屋把因纽特人捂得暖乎乎的。

　　当零下五六十度甚至更低的温度降临时，他们需要采用一切可能的保暖措施。

　　因纽特村仅有二十座雪屋左右，也许住了两百人。这就是二十个家庭，因为因纽特人的孩子众多。

　　这些神奇的屋子以漂木或小树干做成框架，以草皮和泥土填充缝隙，屋顶再铺上一层厚厚的草皮。稀奇古怪的前门是一条长约五十英尺的地下隧道，以便为雪屋避风御寒。在极寒之夜，群犬就睡在隧道里，常常弄得隧道肮脏不堪，但是这并不妨碍因纽特人。泥土和寄生虫是他们的日常伴侣，他们最大的关心是保持暖和。

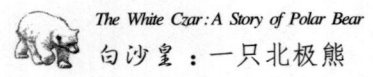
### The White Czar: A Story of Polar Bear
### 白沙皇：一只北极熊

一个寒冬的凌晨，因纽特小镇人声鼎沸，只见人们不停地穿梭于各家各户的雪屋之间。他们或停下脚步，遥指北方兴奋地叫喊："恶名牤！"这是因纽特人对麝牛的称呼。那天早上，一支捕猎麝牛的狩猎队即将出发，众多男男女女等着为他们送行。

艾思忧的雪屋里闹哄哄的。不过，其他人家的雪屋可能更热闹，因为他家人口少，他还是个年轻人。尽管才二十岁出头，他却是个当之无愧的大猎人。等到他顺利成长到二十五岁时，他也会像其他的大哥一样拥有一个十口之家。

在艾思忧的雪屋里，他的酷纳（妻子）正在忙着为他收拾衣服，还挑选了一些好肉供他上路。这些干粮有海象肉和皮（后者非常坚硬，白人根本咬不动）、驯鹿肉及去年夏天攒下来的十几只绒鸭。作为狗粮的干鱼一定也带了不少吧。

这天早上，艾思忧比往常穿得更加暖和。他的衣服都是皮裘——熊皮、驯鹿皮、狼獾皮，而他最喜欢的是海豹皮。

艾思忧首先穿上两件贴身的海雀皮内衣，接着披上以精美皮草饰边的鹿皮帕卡。然后，他套上几条有饰边的鹿皮裤子，最后是鼎鼎有名的鹿皮靴子。这双靴子柔软而强韧，仿佛当天早上抹过油似的。

最后，艾思忧才戴上沉重的鹿皮手套。他现在整装待发，暖和的皮草能让他走多远，他便可能走多远。步枪、猎刀、火柴，诸如此类的必备物品都在出猎前经过一一检查。

雪屋外面，八只饿了一时半会的因纽特犬正在为争食干鱼而打得不可开交。它们的上一代才由狼驯化而来，现在依旧"狼模狼样"，狼性不改。因纽特人用短柄鞭无情地驱打它们，鞭子的上方是乌黑阴冷的长鞭条。鞭条常常不足以发泄他的不满，有时候他甚至跳下称为犒摩蹄克的雪橇，用骨头做成的鞭柄将狗击打死。这片狂野之地的生命与气候如出一辙，常常残忍无度。

虽然雪屋外面雪花飘飘，阴风怒号，里面却别有洞天。艾思忧一个小家庭的体温加上石灯的热量缓解了北极的严寒。

在这个寒冷的早上，年轻的猎人吃得如狼似虎。他必须多吃生肉，才能抵御外来的寒气。他一边吃，一边蘸着海豹油，这是因纽特人唯一的盐和佐料。三磅多生肉下肚后，他才感觉心满意足。

三岁的小男孩阿莫克瞪着黑溜溜的眼睛，热切地看着父亲打点行装。尽管小小年纪，但是他已经萌生梦想，自己有朝一日也能成为猎人。

他的妹妹才十个月大，正在小皮囊里酣睡。小皮囊放在睡床上，倚靠墙壁，好似一只大表袋。

艾思忧准备完毕，拎着步枪爬出长长的隧道，来到了外面的世界。吃完干鱼的群犬上蹿下跳，呜呜直叫，巴不得马上上路。它们意识到即将踏上艰苦的征途，和人们一样迫不及待。艾思忧拖出了他那又长又窄的雪橇。这架雪橇长达十四英尺，宽达两英尺半，滑板向两侧略微展开，以防雪橇打滑。它由因纽特人亲手打造，堪称精工之作，整架雪橇不用一钉一铆，横档以坚如钢缆的皮带捆紧在滑板上。

因纽特人犬队的上挽方式与白人的上挽方式大相径庭。白人的犬队由两只领头犬并驾齐驱，每只领头犬带领的群犬呈一字长

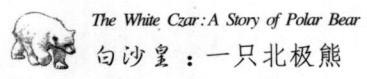

蛇阵。因纽特人的犬队呈扇阵，每条犬有各自的挽绳牵引雪橇。

群犬躁动不安，艾思忧给它们上挽都有些许吃力，好在其他人很快赶来帮忙才算完事。他的武器和装备都牢牢地捆在雪橇上。这时候，其他两支犬队嘎吱嘎吱地来到了艾思忧的雪屋。这些雪橇犬也急躁起来，呜呜直叫，眼睛里闪着狼一般的光芒。它们时不时地露出獠牙，凶神恶煞地冲着对方狂吠一声。乌黑的长鞭嘶嘶地打在它们脸上，吠叫声渐渐平息下来。

最后，当一切准备妥当时，因纽特小镇近半数的居民都赶来为他们送行。三架雪橇领头爬向小山顶，驾驶员吃力地控制他们的犬群，以便步行的人们爬到山顶，眺望他们渐渐远去。登上山顶时，凛冽的寒风犹如鞭子从四面来袭，但是他们满不在乎。等候的男男女女抱团取暖，目送三架雪橇启程远征。驾驶员松开丑陋的鞭子大叫："呼！呼！"意思就是起跑，上挽的犬队立即撒腿飞跑起来。雪橇在地上嘎吱作响，幽灵般的小队伍飞快地滑下山坡，奔赴于雪地冻土。他们越跑越快，越跑越快。因纽特小镇的居民依依不舍地望着他们，直到他们消失在茫茫的白雪中。他们很快回到各自的雪屋，热切地期待着狩猎队的满载而归。

就是这个老调重弹的故事——等候猎人和渔夫回家，在男女老少的口中代代相传。当家的踏上艰苦卓绝、生死未卜的征途，只为从大自然的宝藏中为一家人攫一口食。在他们再次看到三架雪橇和勇敢的猎人之前，还得度过好多个寒冷的黑夜。

## 第二章　捕猎麝牛

　　三架雪橇前往的是一片原始的荒凉之地，这样的征途只有最彪悍的白人才敢斗胆一试。即便如此，他们还得全副武装，并带上因纽特人作为向导。对于强健的雪娃娃而言，这只是他们充满冒险的人生中又一次开心大冒险而已。对白人而言，这里鲜有帮得上忙的地标。但是，因纽特人有着无与伦比的定位天赋，几乎不亚于指南针。但凡他们去过的地方，他们总能绘出非常精准的地图。奇怪的是，他们对距离没有什么概念。

　　这片荒凉的土地上几乎没有树木，偶尔能发现一些匍匐柳叶箬①，还有乱七八糟地散布在巨岩上和石块间的石蕊。悬崖峭壁纵横交错，令这趟行程要多艰难就有多艰难。在这片未曾开发的原始大地上，地球母亲的脸庞一览无余。当然，只有爬上险峻的高山，吹着肆虐的北极狂风，您才能够俯瞰到这出美景。

　　艾思忧驾着雪橇跑在前方带路。别看他年纪轻轻，他可是因纽特小镇最能干、最厉害的猎人。他也是赫赫有名的向导。哪怕

---

① 多年生植物，秆柔弱，节上易生根，匍匐地面。

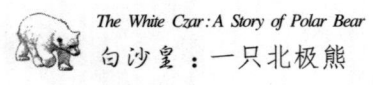

是北极之夜，他也能在这些冰天雪地往返自如，犹如其他因纽特人在大白天来去一样。

小队伍由他领头就是这个原因。他的同伴图克舒紧随其后，而汤凯恩的犬队跑得不太快，常常落在几十杆子开外的后头。

三支犬队拉着雪橇，一路颠簸地跑了几个钟。三个驾驶员东张西望，甩着长长的响鞭，指挥犬队忽左忽右地前进。萧萧的寒风，飘飘的雪花，击打着他们饱经风霜的脸庞，群犬喷吐出的腾腾热气顷刻在口鼻上凝固成冷冷白霜。

大多数时候，三个因纽特人与雪橇齐头并跑，既可以防止脚被冻僵，又可以减轻雪橇的负担。当他们跑累时，就跳上雪橇搭行一两英里，但是他们跑了大部分路程。

雪橇起初的时速达到七八英里，不久就下降到四五英里，并以这种速度跑了大半天。保持这种速度需要勇气和毅力，也离不开阴冷的长鞭驱赶。

因纽特人对犬队毫不怜悯。驱策犬队时，他们既用鞭条，又用鞭柄。他们从不视狗为宠物，也不给它们好脸色看。哪怕犬队有一丁点的不听话，也会招致严厉的惩罚。

上挽的狗时常面露狰狞，因为驾驶员手握鞭柄欲置之于死地。但是，大多数时候，它们都会乖乖地服从指挥。在这所严苛的学校，它们懂得反叛的代价。因纽特人居住的这些穷山恶水滋生暴行，但是这种暴行从未波及他们至亲至爱的家庭。

有一次，他们在一片悬崖边停下来，打算吃点半冻的生肉，顺便让犬队也歇息歇息。然而，好景不长，上挽的狗老是焦躁不安。如果放任下去，它们就互相撕咬起来，把挽绳缠绕得乱七八

## 第二章 捕猎麝牛

糟。于是,片刻过后,一行队伍就匆匆上路,穿梭在万籁俱寂的雪地上。

沿途鲜有鸟兽活动的迹象。他们见过几只狐狸的爪印,还有些许白靴兔的足迹,几只受惊的雷鸟展翅而逃。在大部分路途上,仅是一片苍茫白雪和嶙峋乱石——文字难以描绘的荒凉。

一个偶然的机会,他们竟然看到了恶名牪①。

他们来到大山前时,队伍中的一人会爬上山顶,环视四周,寻找恶名牪的蛛丝马迹。但是,那一天却令他们失望了。

下午过了将近一半的时候,一场罕见的暴风雪袭击了这支小队伍。漫天的飞雪令驾驶员难以看到前方的犬队。这场暴风雪来得太突然,他们根本来不及寻找庇护。盲目地挣扎前行了几分钟后,艾思忧的定位天赋帮助大家脱离了困境。在他的英明领导下,三架雪橇溜进了一个封闭的峡谷,暴风雪总算没那么大了。然而,在这里难以看到五十英尺开外的地方。随着天气越来越冷,小队伍决定当天不再赶路。

他们在一块坚硬的雪地向里面挖掘,做成了一间非常舒适的雪屋。当然,这只是他们自己觉得舒适,因为雪屋帮助他们抵御了寒风,隔离了外界的严寒。

群犬也刻不容缓地掘地。在他们决定就地过夜的半小时后,只有三架雪橇在对外宣告,一支狩猎队就藏在此处的雪地里。

三个人狼吞虎咽地填饱了生肉,同时也给群犬喂了干鱼作为奖励。他们交头接耳,聊着因纽特村雪屋里的酷纳和孩子,妻儿们此时在干啥呢?然而,他们没有聊多久。他们当天跑了四十多

---

① 因纽特人对麝牛的称呼。

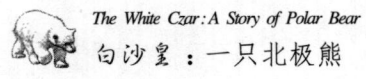

英里，所经之处大都坎坷不平，一个个都累坏了。

睡意很快向他们袭来。雪地中心的他们仿佛回到了自家的雪屋，酣然进入了梦乡。此时此刻，远在几英里外的西北处，给他们带来重重麻烦的麝牛恶名牤正在悠然自得地啃着石蕊呢。

在北美的大型动物中，麝牛鲜为人知。它生活在遥远的北疆，直到1990年才被首次俘获，供人类研究。它的栖地在北纬六十九度至七十五度的北极圈周围。

皮尔里将军曾在世界上最北端的陆地——格陵兰岛北角射杀了一头半英里外的麝牛。

恶名牤名为麝牛，却有不少羊的特性。它的体毛非常长，以致体形难辨。侧身体毛长近一英尺，行走时拂扫雪地，几乎看不出它的纤纤细腿。您想想吧，一头动物高达四英尺半、长达六英尺，周身覆盖着又厚又长的体毛，仅露出脸庞和奇怪的犄角，您对恶名牤的模样就猜得八九不离十了。它的犄角个性十足，正如它身上其他的部位一样奇特。它的额头特别平坦，对头部起到类似护盔的保护。

两片"护盔"在额头中线相接，额头下方有些突出，再往下更加突出及上翘。

恶名牤在被激怒的瞬间凶悍无比，攻击力非常致命，围困它们的因纽特犬队有过悲痛的体会。

恶名牤的体毛肮脏，有两种颜色：一种呈黄褐色，还有一种前额有灰白色的条纹。

它背上的脊肉长着更深色的鬣毛，长仅三英寸的尾巴夹藏在长长的鬣毛中。

## 第二章　捕猎麝牛

结实的牛皮连同外皮上长达一英尺的体毛，加上肚皮上浓密的细毛，织成了动物界无与伦比的大长袍。每到仲冬时，因纽特人就在睡床上铺这些长袍。恶名牤的鲜肉也是美味佳肴。麝牛肉正是恶名牤肉在被剥皮前长期存放，才产生名副其实的麝香味。

艾思忧和狩猎队此行而来，目的就是补食添衣。

恶名牤是群居动物，常常二十至五十头结伴行走，数量较少的群体也不少见。因纽特人对其垂涎三尺，往往发现一头，撵出一窝。

这种奇特的动物能在冰冻三尺的苦寒之地生存下来，可谓是自然界的一大奇迹。它仅需摄食匍匐柳叶箬和虎耳草①，甚至掘地三尺觅食埋藏在雪地下的干草。奇怪的是，在其他偶蹄动物饿得瘦骨嶙峋的时候，它还能保持一身好膘。大自然向它传授了秘诀，它也严密地保守着这个秘诀。

次日凌晨，几乎看不出昨日已过，今日已来，艾思忧和同伴们就钻出了雪地。他们吃了一些生肉，给群犬喂了冻鱼，就马不停蹄地上路了。在零下三十至四十度的雪地里睡了一宿，一个个都容光焕发。

艾思忧的雪橇一如既往地跑在前方，另两人驾着雪橇紧随其后。每跑上半英里左右，他们就停下来东张张，西望望。他们现在已潜入恶名牤的栖地，一切都得小心行事。在这片区域，他们苦苦地探寻了六个钟，艾思忧不时地左行右绕，寻找麝牛可能的摄食区。

功夫不负有心人，他们的耐心得到了回报。跑在后方的两个

---

① 一种广泛分布的草本植物，因形态特征与虎耳相似而得名。

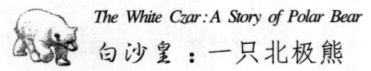

因纽特人发现艾思忧停下了雪橇，他们也跟着停下来，观察他的一举一动。他用手挡在眼眉上，静静地站了几秒钟，全神贯注地盯着西北处。随后，他示意他们跟上来。两架雪橇戛然停在左右，艾思忧告诉同伴，他发现了恶名牸——半英里外有两头在吃草，附近可能还有更多。他打算到山顶探查，其他人留下来看管犬队。

时间一分一秒地过去，两位同伴心急如焚地等待艾思忧回来。他们长途跋涉，挨饿受冻，现在恨不得马上开始狩猎。

终于，艾思忧跑回来了，脸上带着灿烂的笑容。

他看到了整群麝牛，多达十几只，就在四分之三英里内的地方。

狩猎队兴奋不已，他们取下步枪，作好了准备。艾思忧和他的犬队在前方带路。

他们无声无息地暗中潜行，一直来到开阔的地段。麝牛群看到了他们，一头头仓皇而逃。

他们鞭打着犬队，疯狂地追逐逃跑的麝牛。

拉着雪橇的犬队一路狂追，虎虎生风，然而并未占得先机。追逐了五英里后，他们与麝牛群之间的距离终于拉近到四分之一英里了。随着艾思忧一声令下，松挽的群犬犹如离弦之箭直扑猎物。

在恶名牸栖息的北极冻土，它的天敌除了人类就要数大白狼了。这种恶狼与南边的大灰狼血统很近，是不折不扣的北疆海盗。一旦被这种嗜血成性的狼追踪，猎物难有逃生的机会。捕猎时，它们五至十二只结成一群，只要是四条腿的猎物，都逃不过它们的穷追猛打和围追堵截。它们捕食麝牛、驯鹿，甚至敏捷的白靴

因纽特雪橇犬虎虎生风地追逐麝牛群

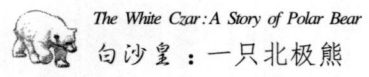
The White Czar: A Story of Polar Bear
白沙皇：一只北极熊

兔，要是嗅出新雪地里的雷鸟，就用强有力的下颌一口咬死它。

当恶名牤最初发现追踪它们的因纽特犬时，也许误以为是狼群，顿时方寸大乱。因为白狼总是秘密跟踪，而因纽特犬则大吼大叫地追赶，在麝牛被合围的最后关头尤其如此。

一旦脱挽，因纽特雪橇犬势不可挡。谁曾料到，在过去的三十六个小时里，它们基本上一直在追踪猎物呢。

它们像狼群一样展开攻势，防止恶名牤四散逃走。这也有利于它们从两端包抄，在猎物突然转向时截断它们的退路。在崎岖不平的开阔地，它们留下了两英里多长的追踪足迹。艾思忧、图克舒和汤凯恩徒步跟踪。穷途末路的麝牛最终来到一座陡峭的山坡。寒风吹着山坡上的积雪，在雪面形成了一层光溜溜的薄冰。溃逃的麝牛直往亮晶晶的山坡上爬去，仿佛奔跑的山羊或大角羊。循味而来的群犬汪汪直吠，丝毫没有停下脚步。它们不停地努力往上爬，不时地滑倒摔下，站起来又继续追逐惊魂未定的麝牛群。

三个因纽特人来到山脚，仰望着白花花、滑溜溜的山坡，也没有停下脚步。白人爬这种山，需要依靠蔓生植物和登山杖，而顽强的因纽特人无须借助这些外力。他们在风雪中奔跑了七十多英里，现在胜利在望，哪怕有天大的困难或危险，他们也不会就此罢休。在艾思忧的带领下，三个勇敢的猎人勇往直前。他们居然能找到立足之地，真是匪夷所思。他们所经之处，似乎无立锥之地。但他们手攀脚蹬，像苍蝇紧紧依附于光滑的陡坡。随着麝牛往山顶遁逃，他们也越爬越高。

艾思忧一度停下脚步，俯视山脚。铁石心肠的他也不由自主地打了个寒战。万一他脚下一滑，一溜烟地滚下山坡，他家的

## 第二章　捕猎麝牛

雪屋里就有无尽的悲哀了。他没多想,一动不动地仰望逃遁的恶名牦。

最终到达山顶时,受困于此的麝牛正以乱蓬蓬的背朝向悬崖。

与白狼多次交手的麝牛和驯鹿都懂得,面对此般围困,它们的唯一出路就是向敌人摆出一道坚硬的犄角防线。如果仅仅是狂呼乱叫的因纽特犬前来挑衅,它们能轻而易举地击败。

艾思忧到达现场时,刚好碰上因纽特犬展开进攻。一只从未见过恶名牦的幼犬勇敢地付出了生命的代价。它躺在一头大公牛犄角下的雪地上,显然已经被顶撞而死;另一条狗伤势严重,一瘸一拐地向艾思忧走来。

艾思忧没有立刻向麝牛群开枪。它们并肩聚在一起,被群犬团团围住。他得等待图克舒和汤凯恩。因纽特人分割猎物非常公平,只要一起行动,就算没上前线,通常也能得到一份。两位同伴最终爬上了山顶,三个人形成一道半环形防线,与大约一百英尺之外的麝牛群对峙。他们不是拳击手,纯粹是谋生的猎人。他们此番而来,就是为了补食添衣。他们手握大口径当代步枪,毫不犹豫地扣动了扳机。说时迟那时快,只见一头头麝牛栽倒在雪地上,非死即伤。

然而,猎人料想不到的一出悲剧发生了。被围困的麝牛到另一侧山坡仅仅咫尺之遥,枪响还未结束,最后中弹的三头麝牛挣扎着爬到了山坡边,哗啦啦地滚下了山头,像羊毛做的平地雪橇一般滑下了山坡。

三只饿了很久的因纽特犬被血腥味熏得发狂,很快就留意到猎人们无从顾及的三头恶名牦滚下了山坡。它们不顾能否分享到

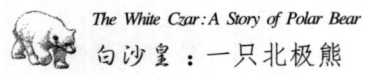

近在眼前的猎物,都一溜烟地往山下跑去,而三头死去的麝牛此时就躺在山下几十英尺开外的平地上。

艾思忧察觉到了它们的意图,不由得一声叹息。这些恶名忪是整群中最大的三头,还等不及他们到达现场,这些美丽的长袍①将被扯得稀烂,肥美的牛肉也将被吃得只剩下残羹冷炙。他没有理由不捍卫三头麝牛。

一个大胆的想法闪过大猎人的脑海。

这一侧的山坡不及他们爬上来的那一侧陡峭,然而滑下山去着实让人毛骨悚然。视线盲区或许有障碍,但是他必须挽救山脚的长袍。

想到这里,他对同伴大喊:"那些狗!它们会糟蹋长袍和牛肉,我得阻止它们。"

说完这些话,他勒紧了皮带,退出了步枪里的弹匣。

同伴们都表示反对。他们告诉他,他肯定会被杀死的。他们要他为因纽特村雪屋里的妇孺着想。但是艾思忧去意已决。

他已经想清楚了,这一趟非去不可。他抓紧了步枪,或许它可以用作下山的拐杖呢。他握手告别两位同伴,蹲下身子,从光溜溜的冰坡滑下。

飞速的下落令他惊喜交加。不知不觉中,他像一道流星划过山坡。一阵阵冰块和雪块在他身后哗哗地滚下,而他把这些小块远远地抛在身后。

他穿梭于一堆堆石头之间,不断地将步枪插入冰层来指引前进的道路。好几次,他差点撞上途中突然冒出的嶙峋乱石。有一

---

① 此处指牛的皮毛。

## 第二章　捕猎麝牛

次，他从十五英尺的高空落下，以为小命不保。要是他不能保持直立的姿势，头朝下滑行或侧身翻滚，恐怕迟早都会撞上石头。正是凭着娴熟的技巧和敏捷的身手，他左躲右闪，才一路平安。这一次，他奋力一跳，双脚再次落地，又继续向山脚滑去。

这段惊险的滑坡差不多有半英里，然而艾思忧从山顶一跃而下不到十五秒钟，他就站在山脚向两位同伴挥舞着步枪了。同伴们见状，不由得在胸口画了个十字，长长地舒了一口气。

他赶到先前跌落下来的三头麝牛旁，及时驱走了群犬，为雪屋抢救了三件长袍。然后，他坐到了一头死牛上休息。这场滑行有惊无险，他很高兴自己做到了。他的勇敢为家中妇孺带去的是温暖和舒适。另外，在狂风怒号、大雪纷飞的寒冻之夜，这也不失为一个好故事呢。没错，他将成为因纽特村的英雄。想到这里，开心的笑容在他的脸上绽放开来，幸福的滋味涌上他勇敢的心。

身为久负盛名的大猎人，他因此再添殊荣。

## 第三章 遇上"白沙皇"

将所有射杀的麝牛滑下山坡后,三个收工的猎人也不忘饱食一顿生肉,一条条狗也撑得腹部鼓鼓的。然后,他们就地扎营,不一会儿就酣然入梦了。但是,他们在这天夜里是轮流睡觉,始终有一人看管收获的大堆鲜肉。次日,他们给十三头麝牛剥皮和切肉,足足忙了一整天。即便如此,他们还得加快进度,赶在天黑前完工。到了晚上,他们依旧在雪山下扎营。

第二天一大早,他们将肉块和长袍装上三架雪橇,装得满满的,剩下的肉块则被掩藏起来,上面以石头覆盖。他们在这里作了标记,以便下次来取。

肉块当时就已经冰冻了。依照因纽特人的胃口,即使六个月以后找到这些肉,基本上还是能吃的。

发现恶名牤后的第三天早上,准备好返程,他们作出决定,图克舒和汤凯恩返回因纽特村,艾思忧当天继续探寻,期望能发现更多的恶名牤。他能轻易地赶上队伍,因为雪橇都是满载而归,自然行驶缓慢。

## 第三章　遇上"白沙皇"

艾思忧带上够吃一天的生肉，在皮带上插上重新装满的弹匣，便独自出发了。

他们启程北上时，一直与海岸线并行，从来不曾进入超出二十英里的内陆。现在艾思忧掉转头往海边跑，希望探索那片区域。如果他是在冒险，他算是如愿以偿了。但这一切并非他所期望，如果早知如此，他定然不会选择以这样的方式去冒险了。但是，一个人游走在荒山野岭，他必须作好遇上各种野兽的心理准备。艾思忧若是被吓坏了，他也同样吓坏了"沙皇"。

北极熊，我们称之为冰冻北疆的"沙皇"，是比较独特的一种熊。相比同科的科迪拉克棕熊，北极熊的体形要小得多。前者堪称巨兽，栖息于一片相对狭小的区域，鲜为外人知晓，而在整个北冰洋的沿岸，都能看到"白沙皇"的踪影。北极熊的学名，意思就是大海之熊。

它也被称为水熊。顾名思义，您就知道它在水里快活自在，它尤其对冷水浴情有独钟。在零下二十度的气温，这种健壮的家伙一头扎进北冰洋，在漂浮的冰块之间一游就是好几个小时。它也是潜水的行家，但是极少会向内陆挺进超过一天的行程。

它以浮冰为家，随浮冰而行，夏至北上，冬来南归。

它和海象、海豹、独角鲸及某些狐狸一样尾随浮冰，因为能从中获取不少美食。

它以大大小小的海豹、小海象和死去的鲸鱼为食，也上岸觅食植物根茎，以调节自身的饮食。

因纽特人有时候带着群犬到浮冰上捕猎北极熊，场面颇为壮观，围攻的群犬没少吃过亏。当被逼到走投无路或伤痕累累时，

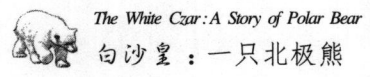
The White Czar: A Story of Polar Bear
白沙皇：一只北极熊

"白沙皇"的战斗力不容小觑。

有时候在动物园也能看到这种熊，又高又瘦，全身雪白。它的皮毛从来不会变色。北极的许多动物和鸟类都是白花花的，有利于它们在雪地生存。

根据后来对标本的测量，艾思忧在寒冷的北极早晨遇上的北极熊齐肩高达五十英寸，长达七英尺，体重或许有六百英磅。它不仅身高体阔，还敏捷似猫，一巴掌便能击碎人的颅骨。如此看来，爱思忧毫无招架之力。

白极熊腿长而体扁，肩高而头尖，下颌强而有力，爪子长而锐利，毛茸茸的巴掌在地上留下硕大的印迹。

离开同伴的三个小时内，艾思忧一路平安无事。他找到了两小群麝牛，对自己的发现心满意足。

就在此时，艾思忧又发现一座神奇的石山，这座山拔地而起，直上云霄。他们先前就在这样的山上射杀了一群麝牛。

山下的景色美不胜收，他拖着慢悠悠的步子往上爬。一旦到达山顶，五英里内的所有恶名牦都将一览无余。

行至中途，一块高达二十英尺的巨石挡住了他的去路。艾思忧欲进不能，只好漫不经心地绕开巨石。他没想到会碰上大大小小的猎物，也就不像往常一样敛声屏气。就在登上巨石顶部的一刹那，他感到毛骨悚然，一向淡定自若的他居然瑟瑟地发起抖来。在他面前，一只硕大的北极熊后腿蹬地，前爪停留在一头死去的麝牛身上。面对如此唐突的打搅，正在进食的北极熊怒不可遏，它咧嘴龇牙，冲着艾思忧发出一声愤怒的嗥叫。

要是艾思忧后退几步再向猛兽开枪就好了。即使不能命中要

## 第三章 遇上"白沙皇"

害，至少他还有补枪的机会，或者溜之大吉。但是艾思忧已经被吓得六神无主，此时的他并非平素精明干练的他了。

他遵从猎人的第一直觉，果断决定开枪。

说时迟那时快，只见他将枪举至齐肩的水平，砰地扣动了扳机。

他双手冰冷，手套也不听使唤，瞄准大熊脑部的子弹竟然从它的头颅边擦过，着实吓了它一大跳。眼见第一枪未能杀死猛兽，艾思忧又补了一枪——这一枪瞄准的是心脏，却打断它一只胳膊。

此时的大熊也许认为轮到自己大显身手了。只见它以迅雷不及掩耳之势，用没受伤的前掌一巴掌打掉了艾思忧手中的步枪，同时将无畏的猎人紧紧地按向乱蓬蓬的胸膛。

面对大熊的挤压，艾思忧泰然自若地抽出猎刀，径直插入它的身体。幸运的是，这一次他插中了大熊的心脏。

偌大的一只熊，即便在被刺穿心脏后，仍能释放出巨大的力量。

大熊的前掌把他按得越来越紧，艾思忧奋力挣扎，以图摆脱束缚。倘若大熊两只前掌俱全，只消几秒钟的工夫，便能将猎人压扁。

就凭这一只前掌，就仿佛压得艾思忧的肋骨在啪啪作响。他双眼鼓出，气喘吁吁，只听见一声枪响般的"咔嚓"，他用以撑开身体的右臂被大熊压折了。

艾思忧只觉得天昏地暗，他迷迷糊糊地感到自己的耳朵在嗡嗡作响。

就在他为推开大熊而使出最后一丁点力气的一刹那，他们双

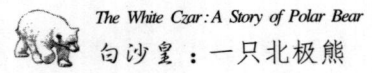
The White Czar: A Story of Polar Bear
白沙皇：一只北极熊

双倒下，滚落在死去的麝牛旁。

过了五分钟，艾思忧忍着剧痛，以肘撑地站了起来，环视着四周。方才他因断臂的疼痛而晕了过去，不过大熊一动也不动，显然已经死了。艾思忧小心翼翼地走上前去，碰了碰它的鼻子，大熊已经变得冷冰冰的。

是噢，他赢得了战斗，但是也付出了惨重的代价。那条骨折的右臂剧痛无比，他连抽口长气都非常困难。他的右臂折断了。现在是零下三十度的气温，再过几个小时，天就要黑了。他有气无力，步履蹒跚，而同伴们和三架雪橇却一分一秒地离他越来越远。直到夜里，他们才不再指望他能赶上来，但是现在掉头找他为时已晚。另外，就算找上一天，他们也未必能找到他，除非成功发现他的行走足迹；同时，他还得做好防冻的措施。

艾思忧似乎前景堪忧，但是他毫不气馁。

在这样的环境下，白人恐怕早就冻僵了，而顽强的因纽特人不会。他在死熊身上坐了几分钟，正是这身白花花的皮毛让他付出了如此代价。一丝笑容从他脸上蔓延开来，没事儿，他不是没被压垮吗？

他会凯旋，待回到因纽特村时，他将成为风风光光的英雄！

为了增强自身的体质，抵御来夜的寒冷，他大口地吃着恶名牦生肉，直到肚子撑不下为止。接着，他又吃了几口雪，以缓解口渴。目前倒还挺得过去，但是到了寒冷的北极之夜，他该怎么保护自己呢？

他双腿跪在地上，仔细查看白熊躺下的地面。然后，他拔出猎刀，开始挖掘它身下的雪地。

## 第三章　遇上"白沙皇"

不出半个小时，他便挖出了一个足以容身的洞穴。他爬入洞中，又以宝刀将雪掘回洞口，再把长长的白熊毛盖到自己身上。最终，寒风吹着积雪，把他捂得严严实实的，他顿时暖和多了。断臂的剧痛一直在折磨他，令他无法沉沉入睡，然而他打着盹儿，平安地度过了这个北极之夜。要是换成他的白人兄弟，恐怕早在寒冷中一命呜呼了。

## 第四章　狩猎队凯旋

汤凯恩和图克舒起初并没太在意艾思忧的失踪，直到几个小时后北极的白天落下帷幕。时间一分一秒地溜走，十个小时过去了，他还没有赶上来，他们开始着急了。

同时，他们就地扎营，筑起一座雪屋，确保三架满载物品的雪橇和犬队都安全无虞。虽然这些因纽特人有着猫一般的视力，能在白人找不到路的夜里跟踪和捕杀猎物，但要他们在这个漆黑的北极之夜返程寻找艾思忧，几乎是没有希望的。

两个因纽特人喂完猎犬，自己也吃了大量冻肉，便爬进了睡袋呼呼大睡了，完全没把失踪的同伴当一回事。他们无法知道他的遭遇，也许他已经无力回天了。

因纽特人都是宿命论者。要是他们外表的冷漠受到质疑，他们会说："如果他死了，他就死了，我们无能为力。如果上天想要他死，我们无法阻止。"

然而，新的一天太阳刚刚出现，汤凯恩便迫不及待地踏上寻找同伴的返途，图克舒则留下来看管三架雪橇和群犬。

## 第四章　狩猎队凯旋

汤凯恩没费多少工夫就发现艾思忧向海岸进发时留下的足迹。

寒风比昨夜平息了少许，路上的足迹若隐若现，他半靠直觉，走了几百英尺就迷失在茫茫雪地了。经过三个小时的跋涉，他总算来到了艾思忧昨天攀爬的那座陡峭的山。这里的足迹相当明显，多亏寒风将冰层上的脚印保存得完完整整。汤凯恩不费吹灰之力地跟到了巨石边，艾思忧昨天就是在这里经历了九死一生的搏斗。如果说看到麝牛死尸旁的"白沙皇"惊呆了艾思忧，那么发现死去的恶名牤和并躺的大白熊也同样惊呆了汤凯恩。但是，当他在白熊死尸旁发现艾思忧的鹿皮靴足迹时，他的惊愕渐渐地变成了恶心和害怕。大猎人肯定来过这里，但是活不见人，死不见尸，难道被大熊杀死后吃掉了不成？

汤凯恩惊恐不已，环顾雪地周围，确实有生死搏斗的痕迹。他的脚似乎碰到了硬邦邦的东西，踢开雪层后，他猫腰捡起了艾思忧的步枪。这是艾思忧爬到大熊身下时落下来的。

汤凯恩心有余悸地站在那里，琢磨着各种可能，熊身下的雪地突然莫名其妙地抖动起来。

因纽特人特别迷信，在那一瞬间，汤凯恩几欲拔腿逃跑。莫非这座山中邪了？就在他刚要逃离时，一只手从雪地里伸了出来。手里握着一把大猎刀，汤凯恩一眼就认出人来了。

他开心得直叫唤，扑通一声跪在地上，疯狂地扒开掩盖着同伴的积雪。几分钟后，艾思忧打着趔趄站了起来。他身体僵硬，脸色苍白，气息奄奄，右臂软耷耷地挂在胳膊上。身体也许经过一段时间会康复，但是摆在无畏的猎人面前的，还有狂风和严寒。

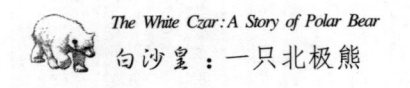

他简略地讲述了与"白沙皇"的遭遇战。

两个人决定剥下大熊的皮毛，其他一概丢弃。汤凯恩当即动手开刀，艾思忧只能以左手尽一分力。

他们三下五除二就剥下了死熊的皮毛，卷起来准备返程。此时，北极之夜再度笼罩他们，他们摸着黑往回走，图克舒正在营地耐心地等候他们呢。

半夜时分，睡得迷迷糊糊的图克舒被群犬乱哄哄的吠叫声惊醒了。他抓起步枪，急急忙忙地爬出雪屋，只见汤凯恩和艾思忧正在狗的簇拥下走过来。

三位好汉再度相逢，喜悦的心情溢于言表。

对于没有开化，谈不上有信仰的因纽特男人而言，他们日复一日、年复一年地出生入死，不畏艰辛，都是为了因纽特村雪屋里的家人。

次日夜里，大概是汤凯恩和艾思忧前一天回营的相同时分，三个猎人被犬群不同凡响的吠叫声惊醒了。对于大多数北极动物的叫声，他们耳熟能详，但是这种声音却让他们心里直犯嘀咕。犬群似乎一发不可收拾，它们不像平时粗犷地吠叫，倒是断断续续地尖声细嚎，令人心惊胆战。它们没有齐刷刷地漫天狂吠，而是一声声地此起彼伏。

三个猎人波澜不惊，静静地聆听。在犬群吠叫的间歇期，他们清晰地听到了另一声嚎叫。声音绵长让人惊悚，与其说是出自动物喉咙的叫声，不如说像呜呜的风声。

三个因纽特人心知肚明，他们操起步枪，悄悄地爬到了外面的开阔地段。他们刚刚听到的声音是北极大白狼的嚎叫。这些凶

## 第四章 狩猎队凯旋

残的杀手就在不远处，可能想引开几条狗，从而饱食一顿。

群犬似乎辨认出了它们几代前的宗亲，诡异的嗥叫令它们心神不定。安静了几分钟后，远处的嗥叫卷土重来，犬群也一一回应。因纽特人吹了吹口哨，犬群很快安静下来。

过了一刻钟，夜间视力最好的汤凯恩发现了一双亮晶晶的黄眼睛，正在一片匍匐柳叶簇后盯着他们。

三个人举起步枪，一轮齐射。一只大白狼被掀翻到空中，落地时摔得雪花四溅。远处，窸窸窣窣的脚步声渐行远去，依稀入耳。大白狼的威胁解除了，但是图克舒没有入睡，一直警戒到天亮。

与此同时，因纽特小镇的生活和往常一样，平淡无奇。

男人们在周围猎海豹，女人们忙着做鹿皮靴子。有时候，他们也放夹具，从而获取珍贵的狐狸皮，交由女人们加工晾晒。他们也在奇特的石灯上煮着狐狸肉，姑且调节家中的饮食。

差不多过了十天，常常有老人、女人和小孩爬上高高的山顶，张望狩猎队的踪影。

虽然他们焦虑，他们却不动声色。约定的期限已过，所有人都在殷切地盼望着狩猎队归来。

在狩猎队远征冰天雪地的第十一天，北极的黄昏即将降临，山顶的一位观望者传言看到了远处地平线上的三个小斑点。斑点太小，辨不出形状，但是对火眼金睛的因纽特人来说，有特别的意义。他没顾得上多瞄几眼，便急急忙忙地跑遍因纽特村，冲着每家雪屋的隧道大叫，兴冲冲地将山上所见告诉遇见的每一个人。

这个消息还没来得及传遍因纽特小镇前，半数居民已站在山

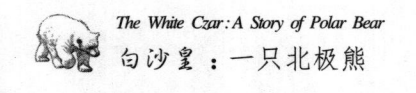

顶眺望远方。他们冒着凛冽的寒风，在零下三十度的低温，望眼欲穿地等候心爱的人儿回家。

猎人们正在回家的路上。满载恶名牦鲜肉的雪橇正在缓缓往回爬行。

在熙熙攘攘的人群中，最开心的莫过于艾思忧的妻子。这支狩猎队牵动她的心弦。她等候了漫长的十一天，在雪屋里孤苦伶仃地守着小阿莫克兄妹，还想着在艾思忧回家之前或许再生一个雪娃娃呢。

三架雪橇现已一览无余，长者半个小时前看到的一切都毋庸置疑了。这让艾思忧的妻子喜不自禁。

在毫无征兆的情况下，她突然发起了普罗布洛克突。这是因纽特人常患的突发性狂躁症，女性更容易深受其害。这位年轻的女子厉声地尖叫，不停扯着头发。尽管外面寒风刺骨，她却在雪地上翻来滚去，还想脱下身上的衣裳。

一小撮人惊恐地围在她四周，不知道如何是好。只见她唰地从地上一跃而起，径直奔向越来越浓的夜幕。两名壮汉追上去，强行把她拽了回来。

也许是因为因纽特人居住在这片荒凉之地，远离了世俗尘嚣，才变得容易狂躁。他们生活艰难，郁郁寡欢。为了一家子不至于挨饿，他们常常患得患失，以至于精神崩溃。悄无声息的长夜，云迷雾锁的月光，或多或少也在从中作祟。

可怜的艾思忧已经被这一趟狩猎折磨得疲惫不堪。当他悬着右臂挣扎着爬上小山顶时，第一眼就看到了两名男子将他的妻子拖回雪屋。

## 第四章　狩猎队凯旋

　　他顾不上自己的痛楚，一言一行都充满了热情和温柔。在雪屋里，多亏其他女人的照料，黑黑的小女人很快苏醒过来了。她已然忘记了长期在同寒冷和饥饿抗争的痛楚，缓缓地将头依偎在大猎人完好的肩膀上。

　　日子一天天地过去了。如今，男女老少都在乐此不疲地谈论艾思忧的最新战绩，称颂他是雪娃娃中的英雄，英雄中的王者。

## 第五章　巨怪矮沃客

在西半球海上和陆地穿梭的巨兽中，海象恐怕是最丑陋的怪物了，因纽特人称之为矮沃客。它生活在浮冰上，夏至北上，冬来南下，跟随北极的浮冰漂流。

在包括拉布拉多和格陵兰岛在内的北美东北海岸，白令海沿岸，夏季时分的阿拉斯加北部的北冰洋，都能看到它的踪影。海象有两种，分为太平洋海象和大西洋海象。唯一的区别就是大西洋海象的脖子比较细，除此以外，它们并无二样。

想象一下吧，一头重达两千磅的巨怪，周身覆盖着脏兮兮的微黄色外皮，粗糙而厚实，长满了一条条皱纹，光是这身皮就重达两百磅。对于牙齿硬如哈士奇犬的因纽特人来说，这身皮可是上等佳肴，但是对于白人来说就如同嚼鞍皮了。

这种巨怪的头很大，像海狮的头，不过要大得多，头下长着一对长达两英尺的大獠牙。它的头有多大呢？如果一个人站到这种怪物旁边，它的头和他一样高，撑起头部的脖子周长达十英尺。与普通动物的四肢不同，这个巨怪长着一对长达两英尺的鳍脚，

## 第五章　巨怪矮沃客

一条怪模怪样的尾巴常常深藏不露。

如果您能想象出这些特征，您的脑海里就能浮现出巨怪矮沃客的模样了。它向因纽特人提供的食物和原料多过任何其他动物。

另一种跟随浮冰漂流的动物是海豹——尼克速客，因纽特人对它的喜爱程度不亚于海象。最常见的海豹品种为小环斑海豹，因纽特大地附近基本上都有它的踪影。实际上，正是这两种动物的存在，因纽特人栖息地才得以成为宜居的人类家园。

海豹有好几个品种。常见的品种之一就是港海豹，在大西洋的很多港口都能看到它；与它接近的品种叫竖琴海豹，周身覆盖着有如竖琴琴弦的条纹；带纹海豹有着美丽而均匀的带纹，脖子、身体两侧和肩膀上的三条带纹在身体底部相交；最奇特的要数冠海豹了，雄性冠海豹头顶长着一顶奇丑的"冠帽"，可随心所欲地充气。

海象和海豹都在浮冰上繁殖和进食。

但是，这片随波逐流的神奇世界，并非其他动物的禁地。比如，"白沙皇"——大北极熊也跟随浮冰，捕食小海象和小海豹。死掉的鲸鱼也符合它的胃口。一年中的某个特殊时间段，狐狸也频繁地出没于浮冰上。

狩猎队回到因纽特小镇的次日，汤凯恩带着同伴艾思忧来到了南边更大的因纽特小镇。当地的牧师兼医生给艾思忧的右臂绑上夹板后，他的伤势很快好转。不到一个月时间，牧师就取下了他的夹板，并宣布他可以再次挑战北极熊了。

此时的太阳已经北归，每天只有几个小时的微弱阳光。雪人族尽情地享受这些阳光，他们对太阳的挚爱超过世界上任何其他

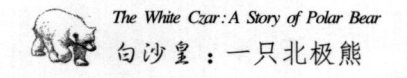

民族。此时的浮冰已开始向南漂流，正是捕猎海象和海豹的大好时机，哪怕离开因纽特小镇捕猎一天也是值得的。

三个猎人对放夹具和打雷鸟的活儿了无兴趣，但一提起围捕大猎物时就兴致盎然。他们筹划着捕猎矮沃客的行动，这将成为因纽特小镇源远流长的故事。

# 第六章 "沙皇皇后"

一天早上,三个猎人从因纽特小镇出发,准备捕猎巨怪矮沃客。碰巧的是,另一场捕猎行动也在进行。

汤凯恩在"白沙皇"死尸下找到受伤的同伴艾思忧后的次日,另一头体形较小的白熊出现在那座山脚下。它就是"白沙皇"的伴侣"沙皇皇后",在冬眠中因伴侣之死被莫名其妙地惊醒。它沿着伴侣的足迹爬上山坡,轻松地找到了大熊倒下的地方。尽管它白色的皮毛已被褪去,"皇后"仍然毫不费力地辨出了它的尸首。

它躺在尸首旁的雪地上,悲痛欲绝地守候了一天一夜。说来遗憾,在饥饿的驱使下,它不得不在尸首上饱餐了一顿。填饱了饥肠辘辘的肚子,它掉头往海岸走去,它的小白熊已经在那里生活了两个月之久。

它在恶名牤的大地上捕猎收获甚微。海豹和海象早已南下,它们将随着第一波浮冰缓缓北归。猎物的匮乏和怀孕的压力令"皇后"焦躁不安,它决定跟随浮冰南下,几乎与三架满载的雪橇并行,其中一架雪橇上正载着它伴侣的白皮毛呢。它没有他们

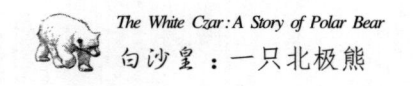

## The White Czar: A Story of Polar Bear
## 白沙皇：一只北极熊

走得远，在因纽特小镇以北十英里处止步，并在海边的一处崖洞里定居下来。在这里，它产下了两只白白嫩嫩的熊崽，眯着眼睛，身子几乎光秃秃的。

在母熊抚育幼崽期间，伴侣通常为其捕食，然而它已经死了，自己和两只幼崽的生计都降落在母熊身上。就在这只白熊跟随浮冰外出捕猎的那天早上，因纽特人的狩猎队也刚刚出发。

但是白熊起来得更早。两个小时后，懒洋洋的北极太阳才刚刚升起，它已卧在冰面上，凭借直立的冰块作为掩护，观察在近水中尽情嬉戏的一对海象。

其实，它更喜欢捕猎海豹，因为捕猎海象可是危险的活动。

对面是一片伸入水中的陆岬，公海象和母海象终于爬到了石块上晒太阳。此时的阳光依然无比熹微，但是毕竟强过没有。

白熊目不转睛地盯了它们好久，又见到另一头母海象爬上邻近的石头。它的幼崽在水中自娱自乐，时不时伸出圆溜溜的脑瓜儿，不伦不类的，看啥都不像。小海象本身就是一块肥嘟嘟大圆肉，也许重达上百磅。无论如何，就拿它下手吧！饥饿的母熊趴在冰面上，静静地观望。

公海象貌似已经入睡，母海象也好像打着盹儿，这可是难得的机会。它悄悄地钻进水里，缓缓地向它们游去，仅在水面露出鼻尖。

就这样，它潜行到距离它们不到一百英尺的水中。只见它深深地吸了一口气，又无声无息地消失了。它打算发动潜艇般的偷袭。

一眨眼的工夫，又靠近了二十五英尺，白白的鼻子再次浮现。

## 第六章 "沙皇皇后"

此时，海象一家子对危险浑然不知呢。

这时候，饥饿的小海象趴在近岸的水边，呼唤着妈妈下水喂奶。

小海象在水下吮奶，如同小河马一样。直到一头被俘的河马产下幼崽后，这个事实才被知晓。当时，马戏团的饲养员试图让小河马在水上吮奶，结果要了它的性命。

母海象肥壮得像座大山，长得奇形怪状，其貌不扬，但是它对幼崽的爱堪比山高。它尽职尽责地照顾和抚育自己的幼崽，哪怕最无微不至的母牛也不过如此。母海象爬入了水中，小海象开始吮奶。这一切令白母熊始料未及，但是猎物近在咫尺，它怎么能半途而废！

就在这时，浮出水面呼吸的小海象发出凄惨的咩咩声，挣扎着消失在水面上。

母海象一声惊叫，扭头刚好看到白茸茸的偷猎者，从深水处将挣扎的小海象一掠而去。

母海象的呼叫声悲惨而凄凉，似乎在呼唤沉睡的公海象反击该死的入侵者。这是公海象骑士宝典中不成文的规定，它必须保卫自己的伴侣和孩子，至死方休。随着一声响彻冰原的怒吼，公海象哗哗地冲入水中。

然而，公海象在战斗中处于劣势，因为白熊仅在必要时才浮上水面呼吸。

只要白母熊从水面露头，它们就迫不及待地发起攻击。然而，一眨眼的工夫，它又沉入水中。

挟持沉重的小海象可不轻松，而且它还使劲地往水面上钻。

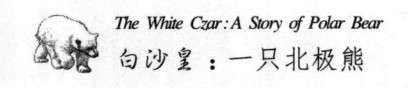

好几次，熊差点就被追上来的两头海象拍中了。它们不停在拍打水花，水面上泡沫四溅，击碎的小冰块像橡树皮一样漂来漂去，而狡猾的熊一直在努力地向坚冰游去。在它最终气喘吁吁地爬上坚冰时，愤怒的公海象正低嚎着追上来。

爬上坚冰后，母熊一记沉重的巴掌打在无助的小海象头上，小海象一动也不动了。

要是不出意外的话，抓着小海象的母熊可以一路小跑回到山洞，事情就简单多了。

母熊紧紧地抓起小海象，正踏上回家的路途时，因纽特村的三架雪橇出现在冰面上。猎人们一眼就瞅见了大白熊，捕猎海象的计划立马就变成了捕猎白熊。他们前后夹击，放狗追赶，不出五分钟时间，这群闹哄哄的狗就追上了白熊。

这只小海象耗费了白熊九牛二虎之力，它不甘未经一战就轻易放弃。它将小海象扔在冰面上，等候群犬的进攻。眼见冲上去的第一条狗张嘴就要咬住海象时，却被白熊一巴掌扇上了天堂。

群犬的斗志顿时大受其挫，三个因纽特人只好让它们远远地跟踪。他们随身仅带了各自的鱼叉，无法近距离击中白熊，就这样你追我赶地跑了两英里。最后，母熊决定放弃到手的猎物，将小海象扔到了冰面上。脱手后，母熊往北健步如飞，不一会儿就把猎人们甩到了身后。他们后来才发现，这是一头母熊，可能还有幼崽。

三个猎人召开"战时会议"，最终决定按原计划捕猎海象，改日再捕猎白熊。他们估计，白熊不会再来这片水域了，除非这里就是它的长期栖地。虽然让它躲过了一劫，他们依然认定，来

## 第六章 "沙皇皇后"

日带上大口径步枪，一定还能找到它。

十分钟后，在"沙皇皇后"挟持小海象登陆的岸边，三个猎人发现老糊涂的公海象仍在上下拍打着水花，寻找搞破坏的白熊。它太气愤了，一心想与杀死幼崽的杀手决一高下，已经感觉不到疲惫。在艾思忧的带领下，他们趴在冰面上匍匐前进。他的右手握着鱼叉，鱼叉上系着一条长长的生皮绳。

因纽特人用鱼叉捕猎海象时，常常拔下叉柄，放任被叉头叉中的海象游走。因为叉头连着绳子，绳子又连着浮标。海象拖着浮标在水面游来游去，待身乏力尽时，因纽特人搭乘皮艇——他们制造的一种小皮筏，悄悄地跟上去，再将其枪杀或刺杀。今天，他们却打算叉中海象后，尽量不让它游远。

汤凯恩跟在艾思忧身后五十英尺，他一手握着尖枪，另一手拿着系在尖枪上的绳子。

到达冰层的边缘时，他示意汤凯恩留意学着点儿自己的看家本领。只见他单肘撑地，小心翼翼地站起来。正在此时，海象从水中高高地伸出了头，艾思忧闪电般地掷出了鱼叉。

鱼叉深深地钻入了海象的脖子，它当即掉头，逃向远海。汤凯恩已经作好了准备。就在艾思忧掷出鱼叉的一瞬间，他将系着绳子的尖枪深深地插入了冰层。

艾思忧一跃而起，两个人一起抓紧了尖枪的上部。生皮绳越绷越紧，让人忍不住担心它会绷断。然而，生皮绳相当结实，比同等大小的其他绳子强多了。接下来的几秒钟，公海象竭尽全力地游向远处，两个因纽特人提心吊胆地屏住呼吸，死死地抓住绳子另一端的尖枪。勃然大怒的公海象拍打着鳍脚，一边嚎叫一边

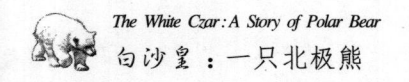

向岸边游来。它的鲜血已经将水面染得一片通红。

血水在它的拍打下溅起白晃晃的泡沫。它不停地来回游动，先是意图攻击猎人，继而又无功而返地试图挣脱束缚。

生皮绳似乎坚不可摧，缓缓地将它往岸上拉。两个因纽特人将绳子一圈一圈地往尖枪上缠绕，直到公海象一动不动地停留在冰面附近。

由于挣扎而失血过多，它现在已经精疲力尽。汤凯恩抓着绳子，艾思忧小心翼翼地走上前去，用另一根鱼叉送上几番致命的猛刺。北极巨怪终于停止了挣扎，因纽特人知道，它已经死了。

他们从一架雪橇上取下两个滑轮，继而操纵这两个自制的滑轮，缓缓将两千磅的大海象拖到冰面上。

接着，他们掏出利刃，剥下海象皮，又将肉切成数块。剥皮、切肉、装雪橇，这一切都在极其短暂的时间内完成，三个因纽特人满怀成就感地踏上了回村之路。他们不仅猎杀了海象，让大伙儿都将有许多肉吃，同时也发现了白熊，注定了来日还有一场惊心动魄的捕猎行动。现在，他们个个都志得意满。

# 第七章 "白　菜"

且说上回捕猎海象后,接下来的几天里,极端恶劣的天气笼罩着因纽特人大地。萧萧的北风如恶魔般暴力地捶打着半埋在雪地里的雪屋。大片的雪花纷纷扬扬,不远处的景象好似雾里看花,阴冷的寒气咄咄逼人。三个猎人优哉游哉地待在温暖的雪屋里,听着前辈们谈古论今,其中不乏猎熊的经典故事。对于满脸沟壑的老猎人言及见过的白熊,他们半信半疑,也许前辈们是在激发他们的想象力呢。但是,屋外怒号的狂风横扫冰天雪地,听故事也不失为一种快乐的消遣。正如物极必反的道理,暴风雪过后就是绵延数日的大晴天,三个猎人筹划着他们的猎熊行动。

在约好的那天早上,他们带着三架雪橇和一批食物,像捕猎海象一样整装出发了。

他们这一回大大地加强了火力。大多数鱼叉都扔在家里,他们带上了各自的大口径步枪。白熊很难被驱赶到开阔的水面,搭乘皮艇用鱼叉捕杀并不现实。然而,他们此番一改常规。

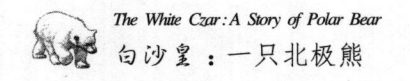

在浮冰上前行并不顺利。断裂的大冰山不停地挡住他们的去路,他们只好沿着与其庞大的身躯冻结在一起的浮冰绕道而行。

他们沿着浮冰往北行走了大概五英里时,艾思忧的群犬加快了步伐,乱叫起来。就在前面不远处的冰面上有一个空洞,周围还有些许冰块。看得出来,洞口边缘有因动物出没而融化的迹象。

艾思忧仔细地观看洞口,接着跳下雪橇,示意其他雪橇上的同伴跟上来。他们一起端详着洞口,面面相觑,然后异口同声地说道:"尼克速客。"

他们发现的是海豹尼克速客的通气孔。三个人兴奋不已,霎时将捕猎"沙皇皇后"的事情抛到了九霄云外,兴致盎然地研究起尼克速客。

在北极大地的诸多动物中,因纽特人对尼克速客再了解不过了,它是他们最有价值的北极动物。三个猎人知道,只要没有别的通气孔,海豹每隔二十分钟就会来到这个通气孔透气,准如时钟。三架雪橇被远远地拉离了通气孔,图克舒负责看管群犬,艾思忧和汤凯恩负责捕杀海豹。

艾思忧趴在距离通气孔十五英尺的冰面上,左肘撑地,观察洞内动静,右手握着他的宝贝鱼叉。同伴汤凯恩趴在更远处的冰面上,腰上牢牢地缠绕着系在鱼叉上的生皮绳。他们纹丝不动地趴着,仿佛变成了冰块。五分钟过去了……十分钟,十五分钟,海豹依然没有出来透气。也许,这是从前的通气孔,但是他们还想再等一会儿。耐心是因纽特人磨炼得炉火纯青的本领,他们不会输给其他的原始人类。就在艾思忧最终认定这是从前的通气孔时,尽管群犬的亢奋表示不认同,一个

## 第七章 "白　菜"

长着人眼般的漂亮头颅从通气孔中探了出来。这是一只小环斑海豹。

艾思忧一甩粗壮的右臂，鱼叉闪电般地深深插入海豹的脖子。两个因纽特人一跃而起，将生皮绳缠绕在自己身上。生皮绳从另一端越拉越紧，窸窸窣窣地滑过他们的手套，哧溜哧溜地擦着冰块的边缘，最后猝然一动，绷得直直的。两个人被缠得紧紧的。汤凯恩腰上的绳圈越来越小，他似乎将被拦腰斩成两截，而绳子丝毫没有绷断的迹象。海豹后退了几步，接着又往另一端爬去。

绳子再次绷紧，两个猎人拼尽全力拉住绳子这一端。双方进行拉锯战，一次次缠绕绳子，一次次绷紧绳子。五分钟，十分钟，十五分钟，时间一分一秒地过去，战斗在僵持中走向尾声。可怜的尼克速客一定还会来通气孔透气，到时候他们可以将其一举拿下。

于是，艾思忧将海豹拉近了一些，静待汤凯恩尖枪伺候。漂亮的头颅再次伸了出来。这一次，汤凯恩一枪终结了可怜的尼克速客。他们一块儿将它从水中拖到冰面上。

他们将小环斑海豹装上雪橇，又快马加鞭地上路了。

他们想起浪费这么多宝贵的时间，原本为猎熊而来，并非猎海豹。

接下来的几个钟头，三支犬队在浮冰上左突右闪。有时候一路顺利，有时候又这边绕绕，那边转转，以避开连接浮冰的小冰山。冰面上有许多狐狸的爪痕，却看不见北极熊的踪迹。往北行走了十英里左右，他们已经寻遍这片冰地的四面八方。就在意欲打道回府之际，他们偶然发现了大熊的新足迹。每隔几英尺就能

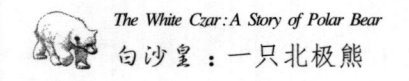

## The White Czar: A Story of Polar Bear
## 白沙皇：一只北极熊

看到血滴，说明它成功地捕杀了猎物。"沙皇皇后"可能抓获了小海象，也可能抓获了小海豹。

群犬跃跃欲试，吠声连天。艾思忧认为，在没有发现熊之前，不宜放狗出战。

大熊终于映入他们眼帘，它正在向岸上游去。艾思忧下令，可以放狗了。

群犬欢呼雀跃，跑起来足下生风。当靠近看清猎物是何方神兽时，它们的斗志一落千丈。"沙皇皇后"扭头一声怒吼，就沿陆地逃跑了。它跑得太快了，猎人们不敢贸然开枪，唯恐激怒它，但是他们不放慢追赶的脚步。足迹一路延伸到一处陡峭的堤岸，消失在一个天然洞口。三个猎人和十几条狗团团围上，把洞口堵得水泄不通。

洞内一片漆黑，令人望而生畏。他们亲眼看到大熊进入洞中，更是增添了几分恐惧。艾思忧呼唤群犬进入，将熊驱逐出来，但是它们竖起尾巴，徘徊不前。上一个星期与愤怒的白熊初次交手，它们已经尝到了厉害。

猎人们向洞内开了几枪，但是没有起到明显的效果。他们显然找到了大熊暂时的藏身之所，却只能干瞪眼，万般无奈。夜幕悄悄地降临，他们当天的猎熊行动似乎功亏一篑。

艾思忧提议汤凯恩入洞挑衅熊，但是汤凯恩以自己身为人父，不便一试来搪塞。图克舒说他家没丢过熊，再多的熊皮也不如自己的人皮珍贵。摆在他们面前的只有两条路，要么就地扎营过夜，要么干脆返程回家。如果他们返回因纽特村，这头大熊可能就逃之夭夭了。就算他们盯着，它也可以趁着黑夜

## 第七章 "白 菜"

逃遁。

艾思忧一向以艺高人胆大而著称,他盛怒之下,扬言自己进洞。朋友们极力劝阻,然而他去意已决。他告知两位同伴,在自己被逐出洞口时,作好向熊开枪的准备。他抓起步枪,开始缓缓地爬入黑乎乎的洞中。

起先,他伸手不见五指,但他的眼睛迅速适应了黑暗,发现曲曲折折的洞穴直通地下,还有好几杆子远呢。现在摆在他面前的是一处狭窄的拐口,他可不喜欢这样子的地方。

要是艾思忧知道,大熊正站在一根石柱后,举起了爪子,静候他的光临,想必他会更加害怕吧。

艾思忧在窄口处停下来,静静地听了几分钟,但到处都是死一般的寂静。他用枪管左右捅了捅,清扫障碍,在黑暗中摸索着前进。

他的防范措施救了他一命。只见大熊疾如闪电,一巴掌拍掉他手中的步枪。步枪咔嚓一声掉在洞穴的地面上,枪托已经折断。听到大熊一声狂吼,洞口的两位同伴心惊胆战地抓紧了手中的步枪。大熊直赴窄口处,张牙舞爪地扑向胆大妄为的艾思忧。

艾思忧并非毫无察觉。他一路在自找麻烦,如今算是如愿以偿了。他猫下腰,以免被击中头部,朝着有一丝光线的地方奔逃。他知道,那边是洞口。

这小段路似乎没有尽头,他听到大熊就在他身后。他似乎依稀看到追赶的大熊伸出大爪,冷不丁地给他一爪子。在他冲向洞口重见天日的一刹那,"沙皇皇后"仅距他咫尺之遥。

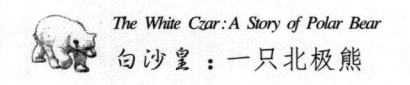

## The White Czar: A Story of Polar Bear
## 白沙皇：一只北极熊

艾思忧不慌不忙地闪向一侧，给同伴们创造开枪的机会。然而就在转向时，他的脚卡在了裂缝中，一下摔倒在地。与此同时，同伴们的两声枪声响了。

大熊发出雷鸣般的咆哮，转而扑向两位同伴，艾思忧趁机逃过一劫。同伴们毫不退让，又补了两枪，一枪打在头上，另一枪靠近心脏。

大熊疯狂地张牙舞爪，接着踉踉跄跄地栽倒在地上，差点压住四肢趴地的艾思忧。

大猎人敏捷地从裂缝中撤回脚，远远地看着"沙皇皇后"垂死挣扎。又开两枪总算终结了它，因纽特小镇的第二张白熊皮草就此到手了。

确认大熊已经死后，三个猎人才缓过神来，他们点起火把，开始探索洞穴。他们非常肯定，这头熊的伴侣就是艾思忧在捕猎麝牛时杀死的那头熊。

他们在洞内的发现证实了这一推测。这个洞穴并不是特别空旷，却能为三个全副武装的猎人提供安全的庇护。在洞穴更远处的终端，他们发现了熊窝，窝里躺着一只白乎乎的小熊崽，已经在他们进入洞穴前被他们开枪的流弹打死。

北极熊的一家子常常有两只幼崽。他们寻觅了几分钟，未能找到另一只小熊崽。这时，一个黑暗的角落传过来一声可怜兮兮的呜咽，他们循声望去，终于找到了它的藏身之地。此时，吓得瑟瑟发抖的小熊崽正在苦苦哀叫呢。

艾思忧走出洞外，带上睡袋，将小熊崽装了进去。那天晚上，它和强壮的猎人睡在同一个袋里，当然，多多少少有一些约

## 第七章 "白 菜"

束吧。

　　次日,他们将它带回了因纽特小镇,取名"白菜",它逐渐成为小朋友的伙伴和宠物。和当地人一样,小"白菜"也成了城镇里的一员。不光如此,后来它还行走海疆,扬名四方。

## 第八章 "白菜"和小阿莫克

那天晚上，狩猎队欢天喜地地赶回因纽特小镇。对可怜的因纽特人来说，雪橇上的五百磅熊肉可以足足地改善他们的伙食了。另外，光是"沙皇皇后"的大白皮毛就够他们开心一阵子了，何况还有胖嘟嘟的尼克速客，雪屋里的人们难掩心中的欢喜。

当然，在三个猎人带回家的东西中，最出人意料的要数小北极熊"白菜"了。因纽特小镇最开心的人莫过于小阿莫克，他一见小熊就喜欢上它了。

狩猎队回来的当晚风平浪静，然而村子里过半的人涌入艾思忧的雪屋，只为一瞅小熊。小阿莫克醋意大发，搂着小家伙不肯放手，唯恐其他人染指他的宝贝。

给小熊喂什么，怎么喂，这是他们面对的首要问题。肉自然不成问题，但是村里没有牛奶。要不是艾思忧想起还有一罐炼乳，嗷嗷待哺的小熊恐怕早就呜呼哀哉了。去年冬天，村子里的小孩子暴发流行病，他们带回了好几罐炼乳，现在就剩这一

## 第八章 "白菜"和小阿莫克

罐还未启用。艾思忧立马跑到废弃的雪屋,将掩藏的罐子挖了出来。他迅速打开盖子,倒出些许炼乳,再用水调和到适合小熊的浓度。

兑好的牛奶倒在这一家子最珍贵并以白镴制成的小盘子里。

艾思忧把小熊抱在腿上,时而将它的鼻子凑到牛奶旁,时而用小拇指沾起牛奶送到它嘴里。在他的悉心呵护下,"白菜"美滋滋地舔食了好几分钟。

小熊吃饱之后,小阿莫克立刻将它据为己有。他给它裹上家里最轻便最暖和的皮草,放到自己的床头,一起盖上麝牛长袍。

艾思忧警告儿子要小心点,别压着"白菜"了,它还嫩着呢,不宜抱来抱去。

五分钟后,当艾思忧的妻子掀开长袍一角时,看见儿子的头紧靠着小熊的头,两只小毛熊睡得可香了。

艾思忧一大早就被儿子吵醒了,他叫嚷着要全家人起床照顾小熊。艾思忧身疲力倦,呵斥阿莫克保持安静,不要妨碍其他人睡觉,算是逗了一回家长威风。

全家人起床后,小熊第一个吃了早餐。从此以后,它成为这个家庭的一员,也成为因纽特小镇举足轻重的角色。

接下来的几天里,艾思忧苦口婆心地告诫小儿子,不要老对小熊又抱又掐的,会要了它的命的。万般无奈之下,艾思忧只好故作悲惨地解释,要是不让小熊多睡觉,和妹妹一样日日酣睡,它会死去的,然后他们就得埋了它,就像去年埋了阿莫克最喜爱的小狗一样。这些话果然立竿见影,阿莫克自此谨小慎微。

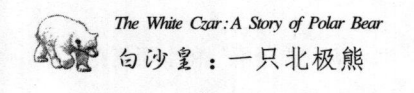

当然，屋外寒风萧萧、雪花飘飘的时候，村里的孩子们都老老实实地待在屋内，阿莫克的手就不会离开小熊伙伴了。

天气晴朗的日子，阿莫克依然用暖和的皮草裹起"白菜"，尽管小熊一身暖暖的皮毛根本无需多此一举。阿莫克将它裹得严严实实的，放在父亲为他制作的小雪橇上，在村里到处溜达，向其他小孩子炫耀他的宠物。

男孩们争先恐后地帮着拉雪橇，但是只有阿莫克最好的朋友才有资格出力，做这份苦差事。

"白菜"的四肢长得愈发粗壮了，它被允许跟着孩子们屁颠屁颠地跑。但是，阿莫克从不让它走出十英尺的范围，若有其他小孩想摸一摸"白菜"，他十分嫉妒，也很抵触。

春天的脚步姗姗来迟，艳阳高照下的因纽特小镇到处是一片生机勃勃。他们顽强地熬过了黑暗的长冬，不曾埋天怨地，愤愤不平。在这个世界上，也许没有哪个民族比因纽特人更热切地期望春天的到来。

孩子们成群结伙地涌出雪屋，和小狗们打成一片，一个个脸上焕发出春天般的笑容。这些小狗数目众多，大小和颜色各不相同，仿佛一支五花八门的军团。

这些小雪孩很喜欢它们，丝毫不亚于喜欢血统纯正的小狗。在快乐的春分时光，孩子们、小狗们和小白熊一个个都玩得喜笑颜开。

随着春天的到来，夹具都被捡回去收藏起来，以备下个季节使用。对海象、海豹的捕猎也暂时停止了，它们和狐狸已经跟随浮冰漂向北方。

## 第八章 "白菜"和小阿莫克

对因纽特小镇的人而言，除了温暖的阳光和盛开的花朵，最开心的事莫过于候鸟北归了。在这些北极之地，花儿漫山遍野，令人叹为观止。群鸟春天北归，小海雀尤受因纽特人欢迎，在北极的鸟类中，就数它对他们最实用了。看着路过的大群绒鸭和黑雁，他们也感到心旷神怡。他们可清楚了，这些大鸟回到在因纽特村的夏季栖息地，他们将会丰衣足食。当然，首先引起他们关注的还是海雀。

海雀与鸣角鸮体形大小相似，较知更鸟稍大，周身覆盖着灰色的羽毛。当海雀成群地飞翔时，场面蔚为壮观。它们遇人不惊，您若在山顶席地而坐，它们会轻轻地落在您的头上和肩上，似乎无所忌惮。

当成千上万的海雀结伴归来时，艾思忧、阿莫克和"白菜"爬上因纽特小镇附近的高山之巅，张网捕捉海雀。

"白菜"和其他人一样兴冲冲的。小阿莫克热血沸腾，帮忙张网乃是成为大猎人的启蒙课程。

这种网与渔网颇为相似，不过两头系在两根长杆的顶部，两根长杆相距十二英尺。

拉网人将张开的网向南稍微拉开，当海雀撞到网上时，要么被网眼死死缠住，要么不懂后退还往前冲。每隔几分钟就可以张网和收网一次，取下并掐死被缚的鸟儿——捕捉可怜的海雀就这么尽兴地进行着。

若非这些晶莹剔透的鸟皮对因纽特人有着无比重要的价值，捕鸟就是一项残酷的活动了。而正因为它如此有用，他们才像农夫杀鸡般地捕杀海雀。

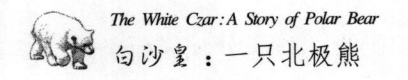

## The White Czar: A Story of Polar Bear
## 白沙皇：一只北极熊

他们带上一只大麻袋，将捕杀的海雀装回家。要是运气好，飞来的鸟儿络绎不绝，一个下午即可捉得三五百只。

我们知道，这些鸟儿的皮用来制作因纽特人的冬衣，鸟肉也不失为美味佳肴，哪怕白人也会当即对海雀的贡献赞不绝口。

每当艾思忧、阿莫克和"白菜"扛着满满一袋死鸟，步履蹒跚地赶回因纽特小镇的时候，小镇里找不到比阿莫克更神气的小男孩了。

小阿莫克无时无刻不保护着他的宠物，然而对于来自有恶狼基因的雪橇犬的威胁，他也常常爱莫能助。这些野犬狼性难改，总是互相攻击，戾气十足。

它们第一次攻击"白菜"的时候，"白菜"一定痛苦不堪，多亏小主人及时解围。

"白菜"那时才四五个月大，矮冬瓜般的个头尚不足以保护自己。阿莫克发现它时，它正倚靠着一架雪橇，几条狗对它又撕又咬。它伸出小小的爪子，力所能及地护着自己，但是一条狗已经咬破了它的脸，殷红的鲜血沿着脸颊不停地往下流。

小阿莫克人小脾气可不小，一出手仿佛吹出一股旋风。只见他操起一根棍子冲上去，三下五除二就把那群狗打得夹尾而逃。自那以后，只要"白菜"待在户外，他都会盯得紧紧的。时光荏苒，昔日的小熊一天一天地长大，这种危险也与日俱减。

夏末的时候，阿莫克发现他的小伙伴茁壮地成长，已经能够自我保护了。看到群犬又把他的宠物逼到墙角，他难免忧心忡忡。只见"白菜"背倚大石头，连出狠招，吓得一条条狗都退避三舍。最后，它一巴掌扇在一条胆大妄为的小狗脸上，让它摔了个四脚

## 第八章　"白菜"和小阿莫克

朝天。小阿莫克知道，就犬群而言，"白菜"对付它们绰绰有余。

这一天，阿莫克所在的因纽特村人声鼎沸。全村的家当都装上了雪橇，居民们开始一年一度的迁徙，他们北行约一百英里，最终到达目的地。当然，他们仅携带夏天所需的物品。

雪已基本上融化，雪橇嘎吱嘎吱地颠簸在路上，群犬都不遗余力地拉着雪橇。

他们之所以北上，是因为海象和海豹都已经跟随浮冰北漂而去。许多鸭子和大雁也在更北方的岛上筑巢，最佳的鳕鱼场也是在那边。

于是乎，就有了因纽特人沿着荒芜的海岸，跟随海象、海豹和浮冰北上进行大迁徙。

小阿莫克和"白菜"步履蹒跚地走在艾思忧的雪橇后面。阿莫克喜出望外，这趟旅程让他大开眼界。父亲教他认识林林总总的奇观，见识形形色色的飞鸟。经过十天左右的跋涉，因纽特村终于呈现在他们面前。

这个村子坐落在一处平缓的山腰上，面朝大海。雪橇一经停下，群犬都松挽而去，人们忙着搭起帐幕，准备在此度夏。

在每天十八个小时的阳光下，枯黄的花草如雨后春笋般地拔地而起，速度之快令人啧啧称奇。到了七八月生长的旺盛季节，这些花草更加欣欣向荣。

夏营地准备妥当后，因纽特人转而专心捕鱼。

男男女女每天都去方型的大船上钓鱼。这些船的甲板十分平整，非常适合钓鱼。因纽特人给船起的名字意为女人船，颇有嘲弄之意。相对于摇晃不定而且只能搭载一人的皮艇，在这种船上

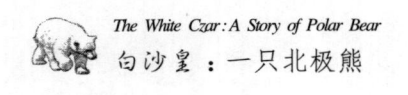

钓鱼方便多了。

与几百英里以北的纽芬兰河岸相比，这里的水就浅多了。钓到的鳕鱼是最好的鱼。他们使用两只色彩斑斓的钩子，在海底快速地来回抖动，这种钓鱼方式被称为吉格。

要是鳕鱼的收获颇丰，过不了几天，就会看到因纽特村到处都有晾在杆子上的鱼，显然是为了防备忍饥受饿的群犬才挂得高高的。

在这些漫长而暖和的日子，小阿莫克和"白菜"基本上成了留守儿童，整个夏天只能自娱自乐。

他们爬上石头，在海滩上行走，甚至向内地挺进半英里。阿莫克不敢走太远，一直待在能看得见因纽特村的视线范围内。

"白菜"总爱做些奇怪的事情，令阿莫克百思不得其解。他发现小熊特别喜欢吃蚂蚁和幼虫，便尝试为他翻开石头，帮他挖掘蚁洞。"白菜"还喜欢嚼草根，一旦尝到了甜头，非得嚼个痛快，阿莫克为此不惜等上一整天。

"白菜"也喜欢吃生长在沼泽里的野莓，那是一种野生的小红莓。

阿莫克头一回看到小伙伴从摇摇晃晃的石头上扎进大海，并渐渐游向远海，他吓得大惊失色，咚咚地跑回去告诉父亲，"白菜"快被淹死了。

艾思忧赶紧告诉小儿子，"白菜"的祖祖辈辈都是游泳健将，"白菜"在水里游泳好比阿莫克在陆地上行走。

跟小男孩不同，它不需要学习就会游泳。它只需昂起头，蹬蹬腿。它克服恐惧，就已经成功了一半。

## 第八章 "白菜"和小阿莫克

"白菜"酷爱吃鱼,但是不喜欢吃干鱼。

他们清洗大鳕鱼时,它就躺在一旁,静候阿莫克将鱼头扔给它。

到了七月,太阳北上,将持续陪伴他们两个月左右。他们不得不进入帐幕,在二十四小时不间断的阳光下睡上几个小时。相对于黑夜和白天尤为分明的从前,此时他们并不需要太多的睡眠。

有一天,艾思忧带上阿莫克和"白菜",乘坐大船去渔场。阿莫克满心欢喜,想见识一下鱼是怎么钓上来的,而"白菜"觉得索然无趣,便趴在船船底呼呼大睡。至少在他们看来,"白菜"睡得很死。然而,就在一条大鳕鱼上钩之际,"白菜"一惊而起,一口咬住了鳕鱼。

随着漫长的日子渐渐离去,每天有了一两个钟头的短夜。冷空气随之而来,晚上还有霜冻。他们已经贮存了充足的鸭绒和鱼干,鸭蛋和鸭肉也很多,因纽特村的居民们开始考虑返回原地,那里一直是他们的冬营地。不过,他们通常要等到下第一场小雪,那时拉雪橇会更容易。这场小雪一般要到九月底才会来临。

一个寒冷的早上,刚刚睡醒的阿莫克放眼门外,只见大地上一片茫茫白雪。虽然只有两三英尺厚,却为雪橇出行提供了便利。吃完早餐,他们收拾起帐幕和家当,装好了鱼干、绒鸭肉和鸭蛋。两三个小时内,全村人都踏上了南下的归途。

他们北上时,"白菜"还是一只怯生的小调皮熊,如今长大了几倍,依旧熊性不改。面对群犬的挑衅,它绝不退缩,始终能全身而退。但是,它对小阿莫克言听计从。在他们离开因纽特村

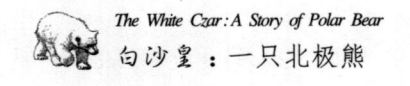

的前一个月，阿莫克学会了骑到熊背上。现在"白菜"正搭载着它的小主人，走完了上百英里路的大部分行程。

他们一回到雪屋，阿莫克的母亲就埋怨养了这么大一只熊，只因"白菜"老是待在雪屋里。于是，它乖乖地睡到了附近一间废弃的雪屋里。而现在，她又开始担忧，要是"白菜"长到了成年北极熊的个头和体重，会是多么可怕的巨兽啊！

# 第九章 "白沙皇"

"白菜"长成"白沙皇"需要好几年的时间,对小阿莫克和小熊来说都是快乐的成长期。他们从因纽特村迁回的第一个冬天,阿莫克和母亲冲突不断,他们对怎么养熊的问题各执一词。当"白菜"还是八磅十磅的小熊时,那是一回事;当它长成一条大犬一样的个头,变成调皮捣蛋的周岁大熊时,那是另一回事。

另外,"白菜"还喜欢搞破坏,它捣蛋的时候要远远多于它乖巧的时候。无论它怎么调皮,小阿莫克总是毫不迟疑地站在它的一边。要是有人说了"白菜"一丁点的不是,他会跟您没完没了。哪怕它把小阿莫克崭新的帕卡扯成碎片,小主人也会为它寻找借口。

人们以前常来雪屋,和"白菜"翻跟斗,摔跤,练拳击。艾思忧不胜其烦,终于禁止他们与它进行此类粗野的比赛,唯恐它伤到小主人。然而,小熊始终对阿莫克温柔有加。它心里似乎迷迷糊糊地知道,这个因纽特小男孩是它的主人,它应该保护他,善待他。有很长一段时间,阿莫克的小妹妹非常害怕"白菜",阿

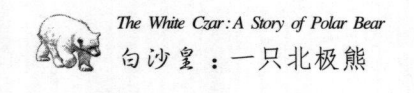

莫克就调侃她说，要是小女孩不搭理哥哥，常常会被熊吃掉。

度过了一个懒洋洋的冬天，"白菜"的长势愈发咄咄逼人。不过，它没有人类那么慵懒。自打满周岁起，它常常漫步到远离因纽特村的地方。

随着春回大地，艾思忧、阿莫克和"白菜"又开始登山张网抓海雀。如今，阿莫克可以帮上更多的忙了。他们装好捕获的鸟儿，昂首阔步地回村，阿莫克和"白菜"显得尤为兴奋。这一次，阿莫克全程骑在"白菜"的背上。他可以对这只毛茸茸的白兽做任何事，而母亲此时已然"谈熊色变"。

回到因纽特村，帐幕再次搭了起来，男男女女捕鱼晒鱼，忙得乐不可支。"白菜"如今产生了流浪的念头，常常一出去就是半天。在它首次失踪的晚上，阿莫克悲痛万分，以为它再也不会回来了。第二天一大早，他感到有软绵绵的东西拂过脸庞，睁开惺忪的双眼，他看到白熊正站在身旁。

一个不同凡响的下午，艾思忧带上阿莫克前去探索附近的一个岛。他和其他几个因纽特人此行是为了收集鸭绒和鸭蛋。他们带了几个袋子，以便将收集的鸭蛋和鸭绒带回家。他们乘坐一艘四四方方的船而去，这种船俗称女人船。

这个岛距大陆约两英里。看着他们从岸边出发，"白菜"跟着游在船后，这令阿莫克惴惴不安。阿莫克冲父亲大喊，"白菜"游不了这么远，会被淹死的。可是艾思忧却说，它是游泳健将，无须多虑。阿莫克还是不敢确定，他瞪着圆溜溜的黑眼珠，目不转睛地盯着白点般的熊头，一直到达岛上。过了几分钟，当"白菜"也登岛时，他难掩心里的激动。

阿莫克全程骑在"白菜"的背上

## The White Czar: A Story of Polar Bear
### 白沙皇：一只北极熊

不顾"白菜"湿漉漉的一身，阿莫克上去就给了它一个热情的拥抱。令所有人诧异的是，"白菜"在岛上犹如在家一般，径直奔向绒鸭巢最多的地方。现在它正狼吞虎咽地吃着鸭蛋呢。艾思忧见状笑得合不拢嘴，阿莫克见宠物如此聪明，也喜不自禁。

人们当下着手收集鸭巢里的绒羽和大鸭蛋。鸭巢和鸭蛋铺天盖地，令人叹为观止。人们若不踩到鸭巢上，几乎难以前行，而成群的鸭子则被惊得漫天飞舞。

所有的袋子都装得满满的，猎人们继而开枪射杀了几十只鸭子，替换鱼类食物，换个口味，然后回到了因纽特村。虽然阿莫克想带"白菜"上船，然而它还是再次游回了大陆。

又是一个风和日丽的日子，艾思忧带上阿莫克去更远的岛上观看海豹的群栖地。这里是它们夏天繁殖的地方，称为繁殖地。

他们此番搭乘艾思忧的皮艇而去，阿莫克待在船底的水里，让船拖着走，仅在父亲的胳膊下露出小小的脑袋。

沿途的景色美不胜收。大海上风平浪静，五月底的阳光宛如陈年老酒，使他们兴奋不已，父子俩都乐此不疲。

到了这些岛上的繁殖地，阿莫克和许多大人一样，被密密麻麻、旁若无人的海豹震惊了。

成百上千的海豹正在太阳下悠然自得地嬉戏，有的昏昏欲睡，还有的踱着鳍步，仿佛男孩子玩跳青蛙。

面对父亲亲自教导的小海豹，阿莫克心里泛起一阵狂野的欢喜。小海豹身长一英尺，周身洁白如雪，便于逃避敌人的侦察[①]。

---

[①] 北半球的小海象为白色，便于它们逃脱熊、狼和狐狸等敌人的侦察。南半球没有上述天敌，小海豹的颜色与成年海豹的颜色无异。

## 第九章 "白沙皇"

它重约七磅，看起来啥都不像，就是一堆光溜溜、软绵绵的大肥肉，覆盖着一身柔软的细毛。艾思忧捡起一只小海豹，放到小阿莫克的怀里。小海豹咩咩地叫着，宛如小绵羊一般。它不停地挣扎，想要逃离他的怀抱。母海豹的叫声更像是小母牛的哞哞声。

看到他们走过来时，几只狡猾的狐狸蹦蹦跳跳地逃走了。艾思忧指着它们告诉阿莫克，狐狸和北极熊（比如"白菜"）尾随海豹来到这些繁殖地，杀死并吃掉小海豹。阿莫克听后义愤填膺。

怀中小海豹的母亲哞哞地叫着，从水中爬了上来。艾思忧赶紧把它放到地上，拉着阿莫克远远地观望小海豹与母亲团聚。

母海豹怪声怪气地轻声呼唤着小海豹，用鼻子将小海豹从头至尾拂了一遍。当它开心地发现小海豹安然无恙时，带着小海豹趴在太阳下悄悄地睡着了。

他们继续往前走，艾思忧指出了几只正在懒洋洋地晒太阳的公海豹。他把阿莫克放在一旁的石头上，自己前去唤醒海豹，以便儿子可以更好地了解它。

这只老家伙似乎是整群海豹的祖父。它身长七英尺，重达七百磅，算得上海豹中的巨无霸了。

艾思忧走过去，用船桨戳了戳它。老海豹抬起大头，大声地嚎叫，但对眼前的人无动于衷。过了一会儿，它清醒了一些，侧眼望着艾思忧。这只动物能够站立，然而没有四只鳍脚，它似乎困惑不解。最后，它站起来，缓缓地走向艾思忧，艾思忧随后退至阿莫克所观望的石头上。眼见巨兽一步步地逼近，因纽特小男孩害怕极了。艾思忧告诉他，海豹在陆地上非常笨拙，要躲避它的攻击易如反掌。

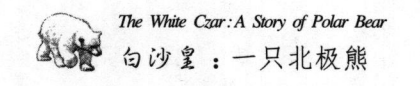

老海豹瞅了瞅父子俩所站的石头，扭着头仔细打量了他们一番，又回到沙滩上的温床，尽情地享受它的美梦了。

几个星期后的一天，艾思忧和阿莫克有机会去参观大陆附近的一个岛，岛上也不乏小海豹。他们吃惊地发现，"白菜"早在他们到达之前就已经上岸了。此时，它正趴在一片石子上，吃得津津有味。他们走近一看，原来是一只小海豹。虽然年纪尚幼，但"白菜"已懂得成年北极熊的谋生之道，杀死了这只小海豹。

阿莫克火冒三丈，毫不客气地训斥了"白菜"。艾思忧向儿子解释，这是自然法则，大鱼吃小鱼，小鱼吃虾米。

因纽特村的居民在夏天始终能看到为数众多的海豹，小阿莫克对它们的认知日渐增多。有些知识是通过自己的观察积累的，当然，大多数还是父亲教给他的。

他知道，海豹五月到群栖地繁殖，在接下来的几个星期，捕杀海豹是违法的。但是到了六月，它们又开始交配，每只公海豹会选择十几只母海豹度夏。在这个交配的季节，公海豹滴食不进。等到十月，游向南部诸海时的公海豹已经憔悴不堪，令人难以置信，这些家伙六月时还油光发亮的。

海豹时刻盯着因纽特人的渔船。艾思忧告诉儿子，从这里往南，海豹对渔民造成了很大的干扰，它们不仅上船吃鱼，网里的鱼也不放过。

虽然海豹体形庞大，游泳也比鱼笨拙，然而要是鱼认为可以轻松地从它身旁溜走的话那就大错特错了，它大可不费吹灰之力地捕捉到鱼。

如此庞然大物的到来对鱼的心理产生了极大的阴影，唯恐一

## 第九章 "白沙皇"

不小心成为它的猎物。

因纽特村的居民最讨厌的要数蚊子了。在北极地区漫长的夏天，乌云般的蚊子蜂拥而至。只有在帐幕边点起一大堆烟火，因纽特人才能逃脱它们的侵袭。它们将北美驯鹿逼得几乎走投无路，但是恶名牤就不在乎它们了。除了有长长的皮毛，恶名牤也很少栖息在蚊子肆虐的地区。

"白菜"自有逃避蚊子的新奇办法，令阿莫克十分佩服。当蚊子叮得它几乎睁不开眼睛时，它便一头扎进水里，在水里一泡就是几个小时，仅露出一点点鼻尖。要是蚊子潮水般地涌向它的鼻尖，它便迅速将蚊子拖入水中，这也是一种报复吧。

这个夏天，因纽特人为了糊口而捕鱼晒鱼，收集鸟蛋，捕杀鸭、雁，另外就是收集绒羽以供应市场。他们也提炼了不少海豹油，以便在需要光明的漫漫长夜供石灯使用。

到了秋天，他们开始一年一度的返迁，目的地是因纽特小镇。

对白人小男孩来说，这一路上的生活绝非丰富多彩，充满激情。而对阿莫克来说，迁徙路上充满了奇迹与奥秘，让他不断地了解周围的野生生物和自然法则。至于"白菜"，它在不停地长啊长啊，终于被禁止进入雪屋了。但是没必要多此一举，早在三岁时，它就已经长得够大了，根本爬不进通向艾思忧的雪屋隧道。

随着它完全长到成年熊的个头和体重，因纽特小镇的女人见到它都不寒而栗，许多男人也不例外。有些人甚至劝告艾思忧射杀它，但是他充耳不闻。他知道，这样做会伤了阿莫克的心。对于毛茸茸的巨兽，这个因纽特小男孩想怎么着就可以怎么着。与其说他害怕"白菜"，还不如说他害怕狼狗。也许，没有哪个白

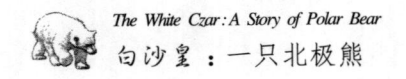

## The White Czar: A Story of Polar Bear
## 白沙皇：一只北极熊

人小男孩对狗的喜爱超过阿莫克对"白菜"的挚爱。

此时的"白菜"已经具备了野生北极熊所具备的智慧。它知道哪里能发现小海豹，可以在浮冰上捕杀它们。它也能攻击并捕杀完全成年的海豹。它还多次利用技巧上演潜入大群海象中的危险一幕，趁着大海象睡觉的时候，神不知鬼不觉地掠走一只小海象。在海岸线的各个岛上，它知道哪里能发现鸭蛋和雁蛋，这些美味的蛋把它养得白白胖胖的。它还知道把鱼追逐到岸边的浅水里，用大巴掌在水里拍死它。

它才两岁的时候，曾追踪并杀死一只美洲小驯鹿，但是差点丢了性命。战斗中的公驯鹿攻击了它，捕食者的肩部被严重顶伤。

有一次，在追击一只小海象时，它遭到了一条杀手鲸鱼的攻击，整个侧身留下了一条长长的口子，幸而得以奇迹般地逃生。这次意外让它趴了近一个月，其间多亏了主人阿莫克的悉心照料。如此看来，哪怕北极熊的生活也并非一帆风顺。它在捕猎其他北极动物的同时，也得时刻提防自己成为猎物。

"白菜"也难以逃脱其他猎人的步枪。艾思忧警告过沿海的因纽特人，不能向它开枪，但是他又怎能将话传达给其他白熊呢？"白菜"曾被步枪子弹打中过，好在子弹没有击中要害部位，否则，艾思忧一家子的快乐都没了。

为了防止"白菜"遭到一些无法无天的因纽特人枪杀，艾思忧最终为它做了一条宽大结实的皮项圈，并在项圈上缠上鲜红的法兰绒。法兰绒在百码①之外依然清晰可见，步枪的射程差不多也就这么远。于是乎，因纽特大地上尽人皆知，系红项圈的大白

---

① 英美制长度单位，1 码约等于 0.9 米。

## 第九章 "白沙皇"

熊属于艾思忧和小阿莫克，不可开枪猎杀。

此时的"白菜"，或者说"白沙皇"（往后就这么称呼它吧），栖息在到因纽特小镇与回自己家同等距离的地方。它既有野性的一面，也不乏温顺的一面。因纽特小镇唯一能逗它的人是阿莫克，唯一不惧怕它的人是艾思忧。它来去自如，养尊处优，来自小主人的挚爱依然不减当年。

长年累月与雪人们同处共事，一眨眼，"白沙皇"满六岁了。它现在完全"熊模熊样"，体重达到了六百磅。它找过三次伴偶，常常一离开因纽特小镇就是几个月。

阿莫克也有九岁了，长成了一个健壮的小伙子。艾思忧的雪屋里现在增添了几个娃娃，不过，阿莫克是他的至爱。

就在阿莫克九岁、"白沙皇"六岁这年的秋天，一场可怕的瘟疫"光顾"了因纽特小镇。对白人尚谈不上严重的疫情，却把卫生习惯不好的因纽特人折腾得痛苦不堪。这场疾病犹如野火，席卷他们小小的社区。该做的，因纽特人都做了。他们服用了从南方布道所神父那里带回的简单药物，当地的医务人员击着大鼓，祈求已知的健康诸神开恩，但是一切都无济于事。每天几乎不出一个小时，就有因纽特母亲尖叫着跑出雪屋，十指紧扣地向朋友哭诉，死神又夺走了她的一个孩子。

在艾思忧的雪屋里，小妹妹最先离去。两个更小的娃娃相继随她而去。最后，艾思忧的至爱阿莫克也一病不起。虽然病了好几天，但是他活了下来。随着他的病情日渐好转，雪屋里的欢笑声也多了起来。然而，一天晚上，一个可怕的发现再次把他们推向无望的深渊。

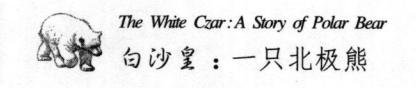

阿莫克跑向母亲哭诉，石灯为什么不亮？雪屋里一片漆黑。母亲安抚道，石灯正亮着呢！但是他说石灯没有亮，然后摸索着去找石灯。父母的心里顿时充满了不祥的预感。第二天，太阳高高地照了两三个小时，艾思忧带他走出门外，但是他又说了同样的话，太阳不见了，它不发光了。

艾思忧夫妻俩明白，可怕的事情还是发生了。麻疹缠上了阿莫克的眼睛，他失明了。

翌日，艾思忧带上疾病缠身的儿子，来到了南方的因纽特小镇，那里的牧师认真地检查了他的病情。

检查完毕，医生直摇头，说只有魁北克的大医生才能帮到他，还得准备一大笔钱大老远地赶过去。听了这些话，艾思忧悲恸地拖着步子走回家。那个冬天，他的雪屋笼罩在一片窒息的绝望中。

## 第十章 背 叛

随着众多小娃娃染病离去，因纽特小镇在接下来的冬天可谓萧条至极。

大家似乎看不到前景，艾思忧的雪屋里尤为暗淡。

艾思忧不仅失去了三个孩子，漆黑的长夜还缠上了心爱的阿莫克，他心头的阴影挥之不去。对阿莫克来说，这也是双重悲剧，自打他记事起，妹妹就一直是他的玩伴，现在却撒手人寰。接踵而来的不幸事件犹如梦魇缠绕着他，他必须时刻保持清醒，仿佛妹妹真的在他身旁，石灯闪闪发光。快乐已经抛弃了这个因纽特小男孩。他一坐就是几个钟，双手捧着脑袋，思忖着上天此举的用意。他少言寡语，仅在别人问话时才会应付三两句。悲剧发生前，他可是话痨，如今的他与从前判若两人。家里的人想方设法让他振作起来。为此，艾思忧发明了新的游戏，力求他参与。然而，他的小鱼叉再也掷不中摇摆不定的目标了，即便这是因纽特男孩子最爱玩的游戏，他也无动于衷。

有时候，艾思忧或其他小伙伴给他体贴地穿上最漂亮的衣裳，

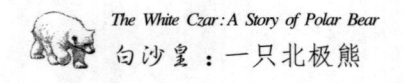

牵着他来到门外，只见他瑟瑟发抖，状态大不如从前。没过几分钟，他便央求回到屋子里面。

艾思忧整天忧心忡忡，日夜思量着筹集足够的钱，以便带上小阿莫克去魁北克，那里的大医生兴许能恢复他的视力。

他多次倔强地捕猎麝牛，而坏运气一次次让他无功而返。他在原来的狩猎场四处搜寻，却始终不见恶名牦的踪影。作为曾经八面威风的猎人，艾思忧的技能和运气似乎都离他而去。

他将夹狐狸的夹子增加了一倍，几场大雪下来，又让他一无所获。他还在寻找挣大钱的机会，对这个可怜巴巴的因纽特人来说，不亚于发现金山，但他已经不抱太大的希望了。

疲惫的冬天黯然离去，春天又来了。艾思忧向阿莫克提议，再跟他去张网抓海雀吧。小男孩说，长夜还没离去，要等到太阳升起之时，海雀才会回来。他决定不去。最后，当他硬着头皮爬出雪屋时，感受着春天的温暖，他百思不得其解。春天真的来了，而漫漫黑夜依然还没离去。

在深受因纽特人欢迎的海雀和其他春鸟飞回来不久，两个白人光临了因纽特小镇。他们骑着小马驹，引起了憨厚的雪人们极大的好奇心。

他们是南边加拿大和美国几个大城市的代理人，正在寻找珍禽异兽，以供应城市里的动物园。他们需要聪明伶俐的因纽特人帮助他们捕捉所需的禽兽。艾思忧已被南边因纽特小镇的牧师和政府教导员推荐给了他们。他会跟白人去北方巡猎，帮助他们捕捉野兽吗？

他们向艾思忧提供了一笔资金作为报酬，这笔钱足以承担阿

## 第十章 背 叛

莫克看大医生的一半费用。另外，他们只需在医院待两个月。

艾思忧与妻子商量后，决定把握好这个机会。上天派这个人过来，不就是为他们筹钱吗？小阿莫克不能一直生活在漫漫黑夜中呀。

艾思忧作好了打算，如果他跟白人去北部的因纽特村，就请其他人在此期间照顾家庭。

他同家人一一道别，并告诉小阿莫克，很快会把太阳带回给他。与两个陌生人出发后，他心里竟然轻松了好多，他有好几个月没有体验过这种感觉了。

到了陌生人指挥部所在的小海港，艾思忧吃惊地发现一条长达五六十英尺的大轮船，名为"施洒号"，轮船上各种设备在憨厚的因纽特人看来奢侈不已。他们当即启程北上，轮船在临近因纽特村的岛屿之间停下来，艾思忧仿佛又回到了家中。第一个星期，他们捕捉了绒鸭、黑雁、好几种海鸥，艾思忧还帮他们用网捕捉海雀。他们继而将注意力转向了海豹，很快就捕捉了一大批幼崽和一岁的小海豹，还有好几对两岁的海豹。

他们还捕捉了两只小海象和一窝狐狸，狐狸窝是艾思忧发现的。

有一天，大家都在岛上搜寻猎物，不经意看到了"白沙皇"。原来，它在因纽特村的居民迁徙之前，就已经到达了因纽特村的夏令营。

一看到大白熊，艾思忧的眼睛里顿时泪水涟涟。他情不自禁地想起儿子的伤心画面，可怜的小阿莫克睁着眼在雪屋里瞎摸索，还嘟囔着石灯的光消失了。

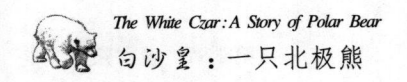

白人几乎同时也看到了大白熊，一个个都心花怒放。在他们带来的订单中有一项特别建议：活捉一只北极熊，带给魁北克动物园。

他们立刻将活捉北极熊的想法传达给艾思忧，寻求他的帮助。

就这样，赫赫有名的因纽特猎人带着两个白人坐到了一块石头上，向他们讲述"白菜"和小阿莫克的离奇故事。言谈之中，他泪流满面，故事感人肺腑，白人们无不拍案称奇。

"知道吗，"他最后说，"小阿莫克喜爱这只熊超过了喜爱世界上其他的一切，如果他知道我是捕熊的帮凶，他会活不下去的。他现在已经伤碎了心，我不能让他再难过了，但是我一定要这笔钱送他去看大医生。我一定要。"

"没错，是这样的，"白人们赞同地说，"您一定要。"

"这也是天意，"他们循循善诱，"您了解这只白熊，您刚说它是半驯养的，抓它要比抓野熊容易。您一定要这笔钱，想想吧，它对小阿莫克意味着什么。"

"太阳会又回到他的身边，月亮和星星会为他再次发光。一个小男孩孤苦伶仃地生活在黑暗中，他一定很难过。"

他们是能言善辩的白人，坏事也能被粉饰成好事。艾思忧不过是一介憨厚的因纽特草民，何况他迫切需要这笔钱。他最终同意了。他愿意帮忙，帮助他们捕捉"白沙皇"。但是，小阿莫克绝对不能知道这件事，否则他会悲痛欲绝。他已经伤够了心。

次日，船上的木匠开始为"白菜"打造笼子。笼子边框由3英寸×6英寸的木料制作，其他为两英寸厚的木板。艾思忧摇着头说，太纤细了，关不住它。对于大熊的力气，他比白人清楚多

## 第十章 背叛

了。于是，木匠们在所有的边角打上螺拴，又以铁皮缠绕，这样既加固了笼子，又不会增加太多的重量。笼子做好后，艾思忧带着沉重的心情，同四个白人搭乘摩托艇出发了。他背叛了"白沙皇"，将"白沙皇"置入文明的魔爪——那只强健有力的大手，曾经伸到了地球的末端，抓过众多美妙奇特的东西，最终让它们失去了美丽和生命。

他们发现白熊正在一个小岛上吃小海豹。但是，其中一人登陆后，它立刻钻入水中，企图游到靠近大陆的另一个岛。这正中他们的下怀。

在所有的四足动物中，"白沙皇"是当之无愧的游泳健将，它能在冰水里游上好几个小时。只要给它时间游泳，几英里的水路对它简直是牛刀小试。

然而，可怜的白熊还不曾听说过摩托艇。它不知道竟然有掀起波浪的现代马达。看到这个可怕的东西飞快地追上来，它难免担惊受怕。不过，它并不是真的害怕，因为它是"白沙皇"。它是冰冻北疆的沙皇，它为什么要害怕？它不明白这个嗡嗡作响的怪物，既没有头，又没有腿，游泳却像一条大鱼。

它还没游至另一个岛的一半路程，摩托艇几乎追上它了。它转过头，愤怒地嗥叫，准备开战。它从水中高高地抬起头，露出两排闪亮的牙齿，冲着白猎人咆哮，企图让他们胆战心惊。要是他们的计划破产——要是它得手了，它将与他们战斗到底。

"白沙皇"也没听说过套索。当它高高地抬起头时，一条生皮绳不偏不倚地落在它的头上，不出一秒钟就牢牢地套住了它的脖子，把它勒得够呛。

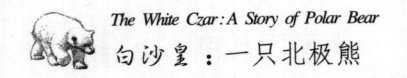

它用大爪子死死地抓住套索，奋力地想挣开它，却又无济于事。它伸着长长的舌头，张开强有力的爪子，径直游向行凶者，准备作殊死一搏。

然而，怪鱼的速度丝毫不亚于白熊。舵手已经察觉到了危险，油门被他一踩到底。他的操作哪怕迟一秒钟，大熊可能就在他抢得先机前爬上船了。

短短的一刹那间，机会已从它身边溜走，套在脖子上的生皮绳再次被行凶者拉直。

接下来，一系列的疲劳战术令艾思忧撕心裂肺。他一次又一次地擦去泪水，努力地将思绪转移到生活在长夜中的小阿莫克。他们都必须为他作出牺牲。牺牲"白沙皇"是公平的，也是公正的。

他们不给"白沙皇"片刻的喘息机会。一连数小时，他们用生皮绳残忍地拖着它游来游去。要是它停下来，他们就凑近去，用鱼叉戳它，激起它的愤怒。不久，又一条生皮绳套上了它的大脖子，注定了它在劫难逃。

它拍打着海水，泛起一片片泡沫。它咆哮着，挥舞着爪子。脖子上的绳子令它渐渐窒息，它拼命地咬着绳子，扯着绳子，然而，它面对的是一个无法战胜的敌人。敌人总能躲开攻击，仿佛在奚落它，嘲笑它。

敌人在戳它，在呛它，在渐渐消磨它的斗志。它的肌肉在无能为力地颤抖，它的心已然放弃了这场战斗。

在可怜的艾思忧看来，这场战斗让他如坐针毡，"白沙皇"的眼睛始终死死地盯着他。他仿佛觉得"白沙皇"在指责他，在

## 第十章 背 叛

乞求他，在恳请他救命。而他已作出帮助白人的承诺，他不能轻举妄动。

最后，摩托艇将奄奄一息的"白沙皇"拖到"施洒号"旁，人们迅速将它抬到甲板上。当然了，几条绳子早就把它庞大而苍白的身躯捆了个结结实实。一群板着脸的船员闷声闷气地将它抬进事先准备好的笼子。它张开前腿，趴在笼底，唉声叹气了几个小时。它已经精神崩溃，似乎已濒临死亡。

与此同时，艾思忧行走在大船的甲板上，他那简单的灵魂备受煎熬。他偶尔走到笼子边，瞄一眼"白沙皇"。他记得，小时候的它真可爱！而小时候的阿莫克根本不怎么喜爱它。想着想着，他又走开了，在甲板上踱着步子。

"白沙皇"被俘的第一个晚上悄然无声地过去了。但是，是"白沙皇"觉得更漫长，抑或是痛苦的人觉得更漫长，有谁知道呢？

# 第十一章　撞上冰山

"白沙皇"被俘次日，因纽特人陆续来到夏营地，再次搭起帐幕。艾思忧匆匆上岸，发现小家庭一切安好。那天下午，当他回到船上时，探险队队长亚当斯先生告诉他一个天大的好消息，他们明日启程返航，只要他愿意，可以带上小阿莫克一同前往魁北克。这样不仅节省了路费，也节省了时间。

他向阿莫克耐心地解释此行的目的，小男孩惊得目瞪口呆。他现在才知道，自己的眼睛有病，才造成了生活在漫漫黑夜中。难怪一直以来，他人没事，却看不到石灯的亮光，看不到太阳和月亮的光芒。这是他的第一感觉，现在艾思忧告诉了他，他也许会心里好受些。

当他得知魁北克的大医生能治好他的眼睛时，他的脸上露出了一丝久违的笑容。另外，他还得知将要登上大船，远涉重洋，更是喜出望外。

"出发前，我想再知道一件事，"他在换上为此行而准备的衣裳时说，"我昨晚做了一个噩梦，梦到'白菜'遇上麻烦了。我

## 第十一章 撞上冰山

像从前一样梦到他,他正在岛上吃小海豹。这时,一个人来到岛上,把它吓跑了。'白菜'开始游起来,几个坏人乘船追它。这艘船没有帆,也没有桨,但是它自己不停地往前游啊游啊。可怜的'白菜'使劲地游啊游啊,但还是被赶上了,他们扔出一条绳子,套在它脖子上。'白菜'不停地挣扎,但是绳子越套越紧,越套越紧,直到'白菜'快要死了。他们把它拖到大山似的船上,关进了大笼子。它不停地哭啊哭啊哭啊,然后我醒了,我也在哭。"

"您看到'白菜'了吗?"因纽特小男孩满眼泪光,拉着艾思忧的袖子问。

听完阿莫克说梦,爱思忧顿时呆若木鸡,这与前一天发生的事情几乎如出一辙。同所有的因纽特人一样,他非常迷信,这番话似乎有着超自然的魔力。他在胸口画了个十字,才慢条斯理地回答。

"看到了,它在吃小海豹,它没事。"

"它现在没事吗?"阿莫克揪着不放,他的声音充斥着激动的颤抖。

"是的,"艾思忧无可奈何地说,"'白菜'没事。"

阿莫克舒心地叹了一口气说:"噢,那就好了。现在我们可以去城市看大医生,等他治好了我的眼睛,太阳又会发光了。"他欢快地笑了,这是久违的笑声,艾思忧如释重负。

黄昏时分,阿莫克和艾思忧同家人道别后,乘坐两个因纽特人划着的小船,来到了前往魁北克的轮船。

艾思忧将阿莫克夹在腋下,登上大船的舷梯。在他踏上坚硬的甲板时,小男孩兴奋地叫起来,他的话惊得皮肤黝黑的艾思忧

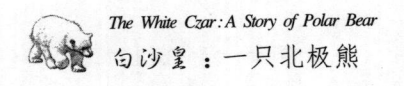

满面苍白。

"哦,哦,"阿莫克尖叫,他一遍又一遍地嗅了嗅空气,"我闻到了'白菜',我闻到了'白菜',它在船上吗?"

艾思忧知道,他们的族人有着与生俱来的灵敏嗅觉,丝毫不输给某些印第安人,阿莫克居然如此神速地嗅出了"白沙皇"的霉臭味,他感到不可思议。

"我看到'白菜'时,它在岛上吃小海豹呢。"他说。

"不要一提起它就像打了鸡血似的。想想医生吧,会治好你的眼睛。"

艾思忧带着阿莫克匆匆来到船舱,把他放在铺位上,告诉他天要黑了,早点休息。

因纽特小男孩吃完白人式样的晚餐,央求父亲带他上去甲板。艾思忧拒绝了,担心他会听到"白沙皇"的唉声叹气,它就关在船上另一端的笼子里。

次日早上,亚当斯先生告诉艾思忧,"白沙皇"拒绝进食,他担心它会饿死。

"如果它死了,"亚当斯先生继续说,"我们拿不到期望它还活着的那一大笔钱,我们同样也不能付给您那么多。"

听了这些话,艾思忧心里猛地一沉。也许,他们根本拿不到那么多钱去看医生。他们这一趟也许白来了。他不能带小阿莫克回家,除非他将生活的快乐带回给儿子。他一定要看医生,"白沙皇"一定要活下来。

"您说大熊对您儿子十分信任,"亚当斯继续说,"也许他可以哄哄它进食。如果我是您,我会试一试。我们必须得让它活着,

## 第十一章 撞上冰山

这是我们的共识。"

艾思忧只好硬着头皮把这个艰难的任务告诉了阿莫克。

他从来没有欺骗过儿子,他不知道怎么向儿子说明由来。但是,爱让我们所有人坚强,艾思忧无畏地豁出去了。

他详细地向阿莫克解释了看医生的必要和所需费用。他告诉儿子,亚当斯先生提供了一大笔资金,前提是他帮助他们抓住大熊,他们所有的幸福都指望它了。阿莫克像族人一样冷静地听着,然后简单地问道:

"'白菜'是不是要被关押终生,我才能再次看到太阳?"

"是的,我想是这样的。"艾思忧回答。

"'白菜'开心吗?它希望被关押起来吗?"

"不开心,"艾思忧实话实说,"它非常不开心,它不希望被关押起来。它心情不好,不想进食。"

"那我放它出来。我不希望看到'白菜'终生遗憾。"

艾思忧不厌其烦地解释,这是不可能的,他已答应给白人帮忙。他还说,等"白菜"到了魁北克,许多白人小孩子会喜欢它的,只要适应了白人的生活方式,它会很开心。但是,现在它必须进食,你想喂它一条鱼吗?

阿莫克的思绪被他的一番话转移开了。他们一起来到笼子边,发现大白熊依旧趴在地上唉声叹气。

"哦,'白菜','白菜',我是阿莫克,我来了。"小孩子呼唤。听到稚嫩的声音,"白沙皇"抬起大头,瞅着眼前的小男孩。

"我是阿莫克,我给你一条好鱼。"小男孩重复说。

站在一旁静观其变的亚当斯先生不由得心惊胆寒,小男孩把

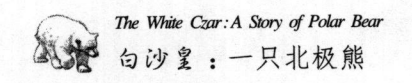

## The White Czar: A Story of Polar Bear
## 白沙皇：一只北极熊

小手儿伸进了笼子，正对着张开血盆大口的熊。

"停，停！"白人大叫，"我的天哪，千万别让他把手伸进去。那只畜生会咬掉他的手。"

"噢，不会的，"艾思忧说，"不用操心，他们是老朋友。"

大熊缓缓地站起身，它伸过头来，用又长又红的软舌头舔着阿莫克的双手。在场的人无不啧啧称奇。

阿莫克双手捧着熊的脸，高兴得像一只小狗。

就在阿莫克一边轻抚熊，一边说话时，一条鱼扔进了笼子。熊一口咬住了鱼，囫囵吞枣地咽了下去。除了艾思忧，其他人都惊呆了。

从此以后，阿莫克的大部分时间都待在"白沙皇"的笼子边，有事没事地摸摸它，陪它说话。

大船一路顺风，鲜有探险可言，然而一个星期后，意外发生了。他们的船完全偏离了航道。只有捕海豹和捕鲸的船只，间或也有缉私船才会穿过这片危险的海域。他们的航线与一片冰山几乎处于相同的方向。这片冰山在几个星期前从北方的浮冰分崩开来，正在向南漂移，准备融入大西洋。漂浮的冰山几近停止，然而不到一天，他们看到了许许多多的小冰块。过去的一个星期，他们小心戒备，以防这些潜在的危险一不留神撞上轮船。

这是"施洒号"从因纽特村和纽芬兰海岸启程的第八天，时间约为十二点。

当晚一片漆黑，瞭望台上的人员犹如雾里看花，但是他并没有放松倾听回音。冰山通常通过回音和空气中的寒气来探测，但是他并没有发现任何异常。

## 第十一章 撞上冰山

在没有丝毫警报的情况下,轮船突然剧烈地震动,波及船头至船尾。它左摇摇,右摆摆,只听得一声"吱嘎——",侧舷发出震耳欲聋的刮擦声。轮船似乎避开了冰山,继续往前航行,它的航速现在已经减半。轮机长当机立断关掉了马达,准备检查轮船的受损情况。然而,"老海神"尼普顿先行一步告诉了他们,因为海水已开始源源不断地涌入小轮机室。船舱里的人都手忙脚乱地添加衣服,继而齐刷刷地涌向甲板。

艾思忧一把抱起小阿莫克,跟着白人们争先恐后地往舱外跑。

甲板上人声鼎沸,船员们正在从船上放下摩托艇。幸好摩托艇够大,可轻松地容下十几个船员。轮船已经严重倾斜,不出二十分钟,就会迅速下沉。除了登上摩托艇,他们似乎别无选择。海面上并无惊涛骇浪,但是谁也说不准几个小时后会是什么情况。有一样东西,被船长寄予了厚望。他的轮船"施洒号"上安装了无线电,他们立刻发送了紧急呼救信号,并尽可能提供了遇难船只的纬度和经度。

小阿莫克昏昏欲睡,起初不明白发生了什么事。当艾思忧抱着他走下舷梯登上摩托艇时,引起了他的疑心。

"我们去哪里?"他问道,"我们要离开轮船吗?"

"是的,"艾思忧回答,"轮船进水了,我们暂时到小船上避一避。"

"我们会带上'白菜'吗?"阿莫克兴奋地问。

艾思忧早就预料到这个问题,他随口回答。

"噢,不会,我们不带它,"他回答道,"我们的船太小了。就算大轮船沉没,'白菜'也会安然无恙地随着笼子漂走。它会

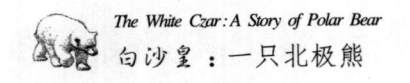

## The White Czar: A Story of Polar Bear
### 白沙皇：一只北极熊

慢慢地游到岸边，一巴掌击断笼子的木板，然后溜之大吉。也许，它会赶在我们前面回到因纽特大地呢。"

"您认为'白菜'想回因纽特大地吗？"阿莫克问道，不知不觉地转移了话题。

"是的，我猜它想回去。它没事，不用担心。"

然而，艾思忧私下认为，"白沙皇"一定会长眠于海底。如果现在是白天，阿莫克完全清醒，他可能会问更多的麻烦问题，非问个水落石出不可。好在他累了，恍恍惚惚的他很快趴在艾思忧的肩膀上睡着了。

艾思忧难以入眠，他脑子里想的事情可多了。他同族人一样非常迷信，自打大熊被俘起，他一直在思忖着这件事情。他私下觉得，是自己对"白沙皇"的背叛才引起了撞船事故。

也许，甚至熊自己也有责任，但更可能是掌管百兽的天神给他们的惩罚。因纽特人的迷信根深蒂固，以至于他们在开季时捕杀了第一只独角鲸，都不忘祭拜猎神，尤其是独角鲸神，只为当季捕猎求福。

轮船的左舷至船头高高翘起的时候，摩托艇还没有远离。几根木料支撑的笼子带着"白沙皇"开始滑向甲板。就在船头即将沉没，轮船彻底消失之际，笼子撞上了栏杆，一定程度上由于熊的疯狂抖动，笼子栽了个大跟斗，稳稳妥妥地侧落在水中。一排巨浪打过来，笼子被推出五十英尺开外。"白沙皇"非常幸运，否则连笼带熊都被沉船拖入水底了。就在轮船彻底沉没前，又一排海浪打在笼子上，将它推到了更远的地方。轮船沉没了，落在整支探险队视野内的物品只有大熊，连带木笼漂浮在齐膝的冷水中。

## 第十一章 撞上冰山

冰水拍打着"白沙皇"毛茸茸的四肢,它感到一阵惬意。生命和自由的感觉令它心潮澎湃。

冰冷的水乃它本性所好。虽然置身于可憎的笼子,它的活动空间局限于十二英尺和八英尺,但是它可以肯定,笼子会漂走的。水是它的老朋友,能够帮它一把。它又想起了落水前的经历——白人,摩托艇,还有差点勒死它的绳子,不由得打了个寒颤。在它坚强的大心脏中,勇气也弃它而去。也许,它压根儿没打算要逃跑。

笼子底做得相当牢固,现在可以作筏子使用。在熊的重力和笼子的浮力作用下,笼子里的进水深度达到了两英尺,不过,这对它并无妨碍。然而,笨拙的笼子并未面朝大海,摩托艇也远在一英里之外,当进入波谷时,水深就达到四英尺了。另外,笼子还会随波翻转,不过在大毛熊的熟练掌控下,笼子稳如泰山,宛如人划着一架颠簸的独木舟。

它是平衡术的大师,这是它在摇摇晃晃的冰块上滑冰学来的。要问什么野兽能娴熟地保持笼子侧面朝上而不被淹没,那就非它莫属了。然而,水渐渐地浸湿了它的身子,海水波谷下的浮力也越来越小。片刻过后,笼子里的水涨到了熊的侧身,它的处境岌岌可危。当水涨到它的肩部时,它甚至还得在笼子里划游几下子。艾思忧的预言似乎即将成真,看似它的确会长眠于大西洋。此时,摩托艇也苦不堪言。舵手并不知道要开往哪个具体的方向,仅仅冲向一波又一波的海浪。他知道,要是小艇跌入波谷,恐怕有倾覆的危险。他竭力保持小艇面向大海。小艇每一次冲上高高的波峰,螺旋桨就会脱离水面,犹如一只旋转的陀螺。

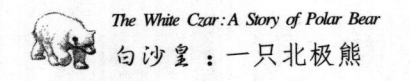

## The White Czar: A Story of Polar Bear
## 白沙皇：一只北极熊

当它再次跌入水中时，马达继续发出隆隆的残喘声。

人们偶尔聊上几句，谁也不知道这场灾难的后果。艾思忧抱着阿莫克坐在船尾，听着哗哗的海浪一波又一波地拍打着船头。

时间一分一秒地过去，他发现后浪推着前浪，一浪更比一浪高，一声更比一声响。他们的处境已危如累卵。

这是一场赌博，取决于他们能否在被大海吞噬前获救。

一丝灰线出现在东边，他们激动得直挥手。灰线一点点变大，小艇上的人一个个望眼欲穿。灰块渐渐地披上金色的镶边，太阳从海平面上徐徐升起，白天来临了。他们喜出望外地发现，一艘三桅机帆船正向他们驶来。它显然没有看到他们，他们马上发送了求救信号。收到信号不到二十分钟，渔船就来到了小艇旁边。

"喂，喂！"渔船上的人带有浓重的鼻音近距离跟摩托艇里的人打招呼，"有什么能帮到你们吗？拉你们上船吗？"

"是呀，是呀，我们求之不得。也许先拉几名乘客上去更好。我们的小艇负荷太重，还进了很多水。"

这艘来自马布尔黑德的"三铃号"渔船的船主是赛拉斯·珀金斯阁下，操纵就位后，他向摩托艇抛出一条绳子。摩托艇稳稳地停靠在纵帆船旁，艇上的乘客带着一身咸鱼味，成功地转移到渔船。

"好啊，好啊，"赛拉斯·珀金斯船长一边打量着愁容满面的乘客，一边大声说，"你们一个个都成了落汤鸡啦，喝点热咖啡暖暖身子吧。"

"还有，船长，"他又满脸堆笑地问道，"您有丢失一只熊吗？一只金——金色的大熊。"

## 第十一章 撞上冰山

"一只熊!"亚当斯先生惊呼,"我,我——"

"哦,哦,"一直在侧耳倾听的小阿莫克叫道,"'白菜'在哪里?我知道'白菜'弄丢了。"

"为什么,是的,我想起来了,"亚当斯先生回答,"我完全忘记了还有一名贵宾乘客。是的,船长先生,也许我们丢了一只熊,您丢了什么?"

"浮士德,"珀金斯船长说,"请教您一两个问题。您的船是不是撞上了另一艘船,或者冰山,或者其他的东西,沉没于纬度五十度十八分四十秒,经度五十度十分左右?"

"那正是我们撞上冰山时的位置,""施洒号"船长难过地说,"您一定收到了我发出的紧急呼救信号。"

"对呀!"珀金斯船长大声说,"我家埃本的玩意儿总算做了一件好事。"

"您瞧,我儿子埃本是个无线电迷,我们这趟出海前,他说想安装无线电。于是我说:'装吧,反正也没啥坏处。'好了,昨晚他说那玩意儿收到的频率很高,想装个铃铛(无线电设备)看看能听到什么。他说,你们呼救时,他刚好在听着呢。我很吃惊!他居然准确地探知了你们的位置。我们就在南边几英里的地方,马上就向你们呼救的位置赶过来了。到了估算的海域,我们啥都没看到,只有一只飘飘荡荡的大猪笼,笼里一只金色的大北极熊在游来游去。它站在笼子里,和你们一样站得直直的,泡在两英尺深的水里,啊哈,一直游向美国。"

"噢,噢,"阿莫克叫道,"'白菜'淹死了,我就知道,'白菜'淹死了。"

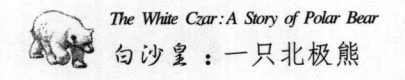

"如果'白菜'就是您说的大野兽,它根本没事,只是好好泡了个澡,您瞧,诸位,事情的经过就是这样。"

"我的搭档汉克·琼斯也奉劝我只管做好凡夫俗子该做的事情。他也笑话我只会干机械粗活。你们瞧,我可是个机械天才。汉克看到这只熊时,他叫我放下滑轮,连笼带熊拉上船。我听了汉克的话,花了十五分钟左右拉它上船。现在,它就在"三铃号"的船尾,像条晒干的咸鳕鱼呢。"

"哦,哦,"阿莫克手舞足蹈,"'白菜'没淹死就好,我们可以按计划去魁北克了。"

## 第十二章　两个俘虏

正如阿莫克所料，珀金斯船长打算在魁北克停靠，卸下一批捕获的鳕鱼。即使不在中途停歇，他也会本着助人为乐的精神，义不容辞地带着他们直赴目的地，在他听了小阿莫克和"白沙皇"的故事后尤其如此。

"这是我听过最离奇的故事，"听完亚当斯先生的讲述，他若有所思地说，随后一口飞沫越过栏杆，"简直就像听故事书，不过比大多数故事书来得更真实。"

"三铃号"终于到达加拿大闻名遐迩的历史名城——魁北克，探险队的十二名乘客、艾思忧和阿莫克，以及"白沙皇"都得以安全着陆。珀金斯船长同大家一一握手道别，热情地欢迎大家有空到马布尔黑德做客。完毕，"三铃号"继续赶路。

一辆大马车疾驶而来，关着"白沙皇"的大笼子被装上马车，白人们以及艾思忧和阿莫克乘坐出租车赶往目的地。

在艾思忧看来，大城市宛如仙境，他和阿莫克将有机会东溜溜，西逛逛了。

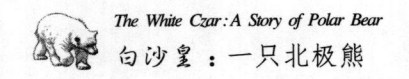

亚当斯先生马上带上他们去找名医，他的地址早已由牧师告诉了他们。医生彬彬有礼地接待了他们，在听完亚当斯先生的介绍后，他对来自北极的小男孩饶有兴趣。经过仔细地检查阿莫克的眼睛，医生建议他住院。医生说，医院是个好地方，他们能将阿莫克的眼睛治愈如初，当然，这需要时间。

在亚当斯先生的陪伴下，艾思忧和阿莫克来到了医院。第一天，艾思忧目睹城市里高楼林立，车水马龙，这太匪夷所思了，一时不知道怎么说给阿莫克听。后来，也只有他自己才知道怎么弥补这段感受。

到了医院，阿莫克暂时得与艾思忧离别一天，父亲答应次日再来看望他。他们还安抚阿莫克，每天可以跟父亲出去走走，看看城市。他们只是为了给他治病，他在一定时段内可以来去自如，但是必须在医院食宿。

尽管阿莫克害怕被独自扔下，他对这项安排倒也非常满意，最终变得非常淡定自如，正如他的族人一样。

他们为因纽特小男孩脱去了衣裳。他觉得难以接受，这些衣裳是他最好的皮草，尽管在这片陌生的新土地，穿着皮草暖烘烘的。接着，他们将大惊小怪的小男孩抱到浴缸，好好给他洗了一遍。这是为了给他清除身上的虱子，不过，他们说是为治疗作准备。然后，他们将他抱上舒适整洁的大床，即便他已经习惯了旅行途中两条轮船上的铺位。

这几天，周围的一切都新颖奇特，他渐渐习以为常了。

护士教他怎么穿睡袍，这跟他的雀皮内衣大不一样。她还告诉他，穿好衣服才能睡觉。

## 第十二章　两个俘虏

熄灯过后,雪娃娃小阿莫克在白人的大地上安然入睡。

同时,他的朋友"白菜"也在经历着前所未有的变故。最后一次看到"白菜",他还当它是小毛熊呢。它被驱至城市中心,接受所谓的熊专家的观察,至少专家似乎对这只巨大的白色野兽十分满意。他对大白熊的到来喜出望外,当即为它打造巢穴。不出两三天,巢穴就完工了,当艾思忧和阿莫克根据提供的地址来参观朋友生活的公园时,他们发现它正待在为他建造的宅子里呢。当然了,这只是筑巢人员如是认为。至于白熊觉得巢穴好与不好,有谁知道呢?而我更倾向认为,它和多数被俘的成年野兽一样,仅仅是既来之,则安之。

它的巢穴建在一面小山坡上,以混凝土建成。整个巢穴长达二十五英尺,宽达十二英尺。巢穴的一边是游泳池,另一边是石台,"白沙皇"要是在水里玩腻了,可以爬上石台伸伸懒腰。

它当即认出了艾思忧和阿莫克,爬出游泳池,欢迎小男孩的到来。看着黑乎乎的小男孩将手伸进栅栏,对着巨兽指指点点,公园的饲养员惊得魂飞魄散。艾思忧用古怪发音的英语告诉他,他们和白熊是老朋友了。

饲养员后来不得不承认,阿莫克的确能掌控局面,他被说服打开给熊送食的小门,方便阿莫克可以更加随意地抚摸"白菜"。

一群好奇的白人小孩聚集在笼外的栅栏,望着小男孩无畏地轻抚白熊的大脑瓜儿,仿佛他们轻抚一条大狗,无不惊心动魄,啧啧称奇。饲养员不厌其烦地向他们解释,熊是小男孩打小的宠物,很听他的话。但是,他警告所有的白人小孩,一定要远离巢穴。

艾思忧每天都到医院看望阿莫克。

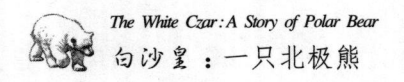

然后,他们到公园去看"白沙皇",这里一直是他们参观的第一站。

最后,阿莫克同意一起看看其他有趣的动物,但是他从来没有冷落"白菜"。

"'白菜'和我都是俘虏,"有一天,他抚摸着"白沙皇"蓬松的头,难过地说,"'白菜'是大笼子里的俘虏,我是黑暗的俘虏。"

"他不喜欢笼子,我也不喜欢黑暗。希望有一天,我们都能获得自由。"

"等医生让我重见光明,我要做的第一件事就是来看'白菜'。然后,我们卖掉一切,买下'白菜',回到因纽特大地,那里才是我们落地生根的地方。"

艾思忧咬着嘴唇,一筹莫展,他也是这么想的。因纽特大地才是他们的家园。在白人的大城市里,他们无法融入。每个人都很友好,但是和他们格格不入。

就这样,三个星期过去了。艾思忧每天去医院接阿莫克,然后一块儿去公园看"白沙皇",最后到城市里转转,看看风景。他们参观了公园、博物馆,甚至还去了几家影剧院。在影剧院,他对神奇的电影画面惊叹不已。最令他刻骨铭心的是一部描述因纽特大地的电影,也许并不在他的故乡拍摄,而是取景于其他的北极地区。身着皮草的人们、拉着雪橇的狗队、海豹、海象和雪屋,应有尽有。白人是怎么拍得如此栩栩如生的,他百思不得其解。还有汽车,自己会转的奇怪机器,以及他看见白人用的电话机和留声机,他都觉得不可思议。他认为留声机是一种邪恶的机

## 第十二章 两个俘虏

器,充斥着鬼怪声。每次在商店里听到有人使用留声机时,他便情不自禁地在胸口画个十字,带上小阿莫克匆匆地离开。

手摇风琴貌似无伤大雅,他和阿莫克喜欢聆听琴音,面对伸出帽子讨要铜板的猴子,艾思忧乐得开怀大笑。

父子俩外出的时候,总能吸引一群好奇的小孩儿,他们对阿莫克分外感兴趣。他们也很友好,常常给因纽特小男孩递来一块糖或者一个水果,这些都是他不曾尝过的美味。

他们人生中的关键日子来临了。这一天,小阿莫克将接受动刀手术,让医生为他带回太阳和石灯的光芒。艾思忧获许待在手术室陪伴儿子。他坐在床头,在手术的过程中自始至终都紧握阿莫克的小手。

手术临近时,几名医生对阿莫克的眼睛进行了全面检查,并交头接耳地交换了意见。手术前,他们拍着因纽特小男孩的脸蛋,告诉他手术即将开始。

他躺上了铺着橡胶毯的手术台,一名医生端来了一盆水和擦洗伤口的海绵。他们将一个有六只爪的工具放到了阿莫克的眼睛上,每只爪分别抓住靠近上下眼睑的部分,以防眼睛在手术中转动。注射一种当地的麻醉剂后,手术开始了。

主治医生极其谨小慎微,可怜的阿莫克依然感到剧烈疼痛,大颗的泪珠淌下黝黑的脸庞,他不曾吱哼一声。历经北方的严寒困苦,男女老少无不饮冰食蘖,任劳任怨,他硬生生地挺过了这一关。在右眼做完手术时,左眼接受了同样的治疗,他再次咬紧牙关忍住了痛楚。

医生们对阿莫克的勇气赞不绝口,这多少给了他一些鼓励。

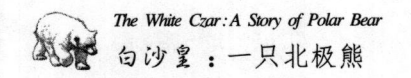

手术结束后,阿莫克询问可否睁开眼睛,看看太阳的光芒。当他得知需要等待若干天才能摘除纱布时,他心里就像打翻了五味瓶,不知啥滋味。

他太失望了,放声大哭了一会儿。医生们告诉他,哭泣会妨碍再次看到太阳,他只好默不作声了。

此后,无论父子俩去哪里,阿莫克的眼睛都会缠着纱布,他觉得似乎比从前更黑暗了。

在等待摘除纱布的日子里,阿莫克和艾思忧度日如年。时钟滴滴答答地响着,时间一分一秒地过去,他们终于熬到了最后一天。

当医生们来到他的病房时,阿莫克高兴得手舞足蹈。长夜如此漫长,他的耐心备受煎熬。过去,他在黑暗中摸索,黑暗似乎要纠缠着他的全部人生。现在,医生轻轻地揭去纱布,告诉他可以睁开眼睛了。

"哦,哦,"阿莫克一边张开眼,一边欢呼,"我能看了,我能看了,不过没有从前看得清晰。太阳的光芒只回来了一部分。"

"这很好,孩子,这很好,"医生拍着他的肩膀说,"没戴眼镜,我知道你不会看得很清晰。以后要一直戴着眼镜。"

然后,他取出一些闪闪发光的镜片,戴到阿莫克的鼻子上和后脑勺,并让他试戴不同度数的各种镜片。在找出合适的镜片后,阿莫克几乎恢复了正常的视力。

"这很好,手术非常成功,"医生说,"慢慢恢复,一切都会好起来的。"

医生给阿莫克的眼镜装上反光片,戴在原来的镜片外层。他

## 第十二章　两个俘虏

建议阿莫克最近几日要远离强烈的阳光，让眼睛逐渐适应光线。艾思忧连声应允。

阿莫克兴奋地嚷着要去看"白菜"，医生告诉他，需要等到明天黄昏，趁阳光不太强烈时才能去。因纽特小男孩只好强压心中的喜悦，耐心地等待明天的到来。

在前往公园的路上，艾思忧告诉儿子，医生无偿提供了手术服务，他们一分钱都没掏。医院收取的其他费用也微乎其微，他们这一程节省了不少钱。

"哦，太好了，"阿莫克叫着说，"我好开心，一切都好起来了，我们的钱差不多可以买下'白菜'了。也许，我们把所有的钱给了他们，他们会让我们凑齐余数寄给他们。也许我们可以带上'白菜'回去了。"

然而，艾思忧对此事尚存诸多疑虑，他没有向儿子和盘托出。他只是笑了笑，不再提及此事。

到了公园，他们风风火火地直赴"白沙皇"的巢穴，发现一大群成年男女和小孩聚集在巢穴周围。大家议论纷纷，眉飞色舞，深爱"白沙皇"的小孩儿更是如此。艾思忧不明白他们在说什么，径直走向熊的巢穴。

看着巢穴的门大开，"白沙皇"不见踪影，艾思忧不由得大吃一惊。阿莫克几乎同时迅速地觉察到发生了什么。

见此光景，阿莫克伤心地哭了起来。他取下眼镜片不停地揉着眼睛，想看个究竟。然后，他跑回去眼巴巴地询问父亲。

"哦，哦，"他叫着，"'白菜'真的溜走了吗？"

"是的，"艾思忧回答，"看起来是这样子的，也许他们把它

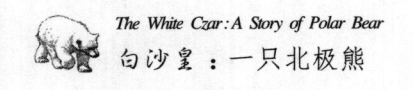

转移到其他的巢穴了。"

"没有。"公园的饲养员说,他刚好就站在附近。前些日子,他在笼子边认识了艾思忧父子俩,从他们口中了解了熊的来历,对他们礼遇有加。

"没有,我们没有把它转移到其他的穴巢。它溜走了,我猜不会回来了。今天早上,我们发现门已打开,就是您现在看到的样子,"白沙皇"已无影无踪。

"我们在城市里搜寻了一整天,但是它好像钻进地洞了一样。这里有猫腻,有人放走了它,我也想知道是谁干的。我在想啊,下次看到它时,它还活着吗?它迟早要在魁北克省露面,到时候就有一场大型的猎熊活动了,它死定了。"

看到阿莫克一脸惊愕,他赶紧补充说:"也许它会侥幸逃脱,它是只聪明的熊。它们常常神不知鬼不觉地钻进深山密林,而魁北克省以北恰恰又人烟稀少,也许它会侥幸逃脱。"

"它会逃脱的。"艾思忧言不由衷地安抚阿莫克。

他和公园的饲养员一样,也认为"白沙皇"会倒在步枪子弹下。毕竟在这片陌生的大地,就算它成功地逃离城市,它能走多远呢?

"奇怪的是,"饲养员拍着阿莫克的肩膀说,"没有人在城里见过它。不过,这里离河边比较近,穿过三条街,再沿着大街一直走就到了码头。也许它找到了捷径。"

"它很聪明,"艾思忧说,"我猜它已经逃跑了。"接着,他对阿莫克说:"我相信,当我们回到家时,一定能在因纽特大地上找到它。来,我们走吧。"

# 第十三章　逃遁北方

从船上的木笼转移到公园里的固定巢穴，"白沙皇"发现自己的环境比从前舒适多了。

巢穴宽敞多了，额外的优点就是还有一个游泳池。三四天过后，它才享受到游泳池带来的巨大快乐。起初，它对游泳池的态度非常复杂。它趴在石台上，一连几个钟头出神地盯着池水。它小心翼翼地俯下身子，用白色的大爪沾着水，接着，又将一只前腿浸入齐肩的水中。在没有探知水深前，它不敢贸然跳入池中。上一回落水时，它的脖子被套上绳子，任由摩托艇残忍地拉着，这些悲惨的经历都历历在目。困在笼子里漂浮于大西洋的经历也让它对水心存芥蒂。从前，它对水可谓是如痴如醉。

而今，一只偌大的动物，趴在水池旁边的石台上，玩得流连忘返，着实不同寻常。

但是，千万不要以为"白沙皇"会满足于当前的领地，也不要以为它甘心在高二十五英尺、宽十二英尺的巢穴就此了结余生。它不是这种熊。

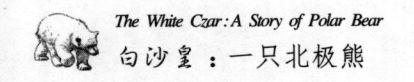

## The White Czar: A Story of Polar Bear
## 白沙皇：一只北极熊

它对在宽阔的浮冰上，以及在沿岸贫瘠的低洼地带自由游荡记忆犹新。它看惯了波光粼粼、叮咚作响的北冰洋，又怎会甘心在这死气沉沉的牢笼中无所事事呢？

它只能苦中作乐，等待时机。像"白沙皇"这样成年后才被俘的野兽，极少能适应禁闭的生活。它们外表温驯，安于现状，但骨子里却桀骜不驯，内心隐藏着可怕的愤怒，直到怒火爆发，危及他人生命。不过，这种温驯兴许能促成它在最佳时间逃之夭夭呢。

小孩们是"白沙皇"的忠实粉丝，他们每天蜂拥至它的巢穴，只为一睹它在池中戏水玩耍，或爬上石岸大秀肌肉。笼子的天地虽小，野兽依然日日不忘活动四肢，适当运动，"白沙皇"也是这么做的。要是有机会再获新生，重奔自由，它的肌肉不再酸痛。

阿莫克和艾思忧每天到巢穴看望"白沙皇"，对它是莫大的安慰。它渐渐地掌握了他们的时间规律，总是静静地站在栅栏后，等候他们一次次光临。不过，它完全是出于对阿莫克的挚爱之情。他对艾思忧心存疑虑，源自他坐在摩托艇尾部的那一天，他眼睁睁地观望着它被残忍的绳子勒得差点送命。它虽然没有将自己的被俘完全归咎于这个因纽特人，但他的潜意识里总觉得他也难逃其咎。

要不是发生了一件对"白沙皇"有利的怪事，或许它将在巢穴中度过余生，不愁吃，不愁住，还深受小孩们的喜欢。当然，它也得付出最为珍贵的代价，这便是自由。

负责看管熊巢的人是一个名叫麦克安德鲁的英格兰人。他也兼顾看管两只大黑熊的巢穴、狼和狐狸的巢穴以及鹿园。

## 第十三章 逃遁北方

他是负责人，协助他工作的是一个脾气火暴、性情奸诈的意大利人，名叫托尼·加里波第——名字好听，但人品低劣。

这是大战后的第二年，各行各业的薪酬普遍较高。托尼拿着不菲的薪酬，却仍不知足。于是，他找到了负责人，要求加薪。

负责人告诉他，当前公园入不敷出，如果要对他的薪资作任何调整，那就只能降薪了。托尼听后愤愤不平，负责人解雇了他。

失去了称心如意的工作，托尼火冒三丈，打算报复。第二天早上，公园的管理人员被他的报复方式震惊得瞠目结舌。

托尼被解雇的当晚，"白沙皇"正趴在石台上酣然大睡。当天烈日炎炎，闷热难当，身陷囹圄的"白沙皇"没精打采，一动也不想动。突然，巢穴附近的一个声音惊醒了梦中的它。它睁开双眼，抬起大脑袋看：每天早上为它打扫巢穴的矮个子黑脸人正站在栅栏边。

他来打扫巢穴吗？他从来不在晚上干活呀。

"白沙皇"起了疑心。它张开四肢，一跃跳入了水池。如果巢穴需要清扫，它也得泡个澡。

当它爬回石台时，它无比诧异地发现，人们出入巢穴的大门已被打开。大门敞开着，它以为来打扫巢穴的那个人正站在几杆子开外的地方。

起初，"白沙皇"以为自己老眼昏花了，它走向门口，用鼻子嗅了嗅门，又碰了碰门。大门确实已经打开。不仅如此，门外的风夹着自由的气息，徐徐地拂过它的心头。这是自由自在、无拘无束的北风，它还嗅到了风中的水味儿。

大熊顿时心潮澎湃，它小心翼翼地将头探出门外。出乎意料

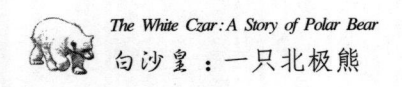

### The White Czar: A Story of Polar Bear
### 白沙皇：一只北极熊

的是，谁也没有阻拦它。它一步一步往前迈，抬起前腿，走出了大门。它伸直身子，后腿站立，环视巢穴四周的栅栏。意大利人正目不转睛地盯着它。过了一会，大熊轻轻地腾空一跃，跨过了栅栏。意大利人撒腿疾跑，犹如逃命。意大利人健步如飞，跑得远远的，从此不在这座城市抛头露面。

"白沙皇"视之若无其人。它仰望满天星星，又看着和风吹过大地，一番东张西望之后，它作出了最终的决定。它将逆风而行。这堪称它的明智之举，因为穿过三条空旷的街道，它就来到了大河边。

已是凌晨两点钟，早班交通车还不曾运行。到了第一条街的街口，大熊机警地俯视笔直的神奇路面，并未发现一人。它晃着身子，一路小跑，大脚板在石板上发出清脆的咚咚声，它径直来到了街尾。第二条街同样空荡荡的，它又一口气跑到底。到了第三条街，就可看到前方的河了。街尾的码头静悄悄的，与旁边的码头截然不同；几个人正在旁边的码头装船，忙得热火朝天。然而，"白沙皇"不是在找人。它见过不计其数的人，下半辈子也数不清。它尽可能地凭借黑暗，一路潜行。经过一番偷偷摸摸、鬼鬼祟祟的"操作"，它总算到达了码头的尽头。

它像水獭一样悄无声息地溜到了河里，消失在茫茫的江水中。当它再次出现时，仅在一百英尺开外的水中露出大头。它就这样间或冷不丁地冒出脑袋，一直游到了大河中心。此后，它肆无忌惮地游至北岸。

它这一程游了五英里，世界上最大的五个淡水湖皆汇流于此，形成了一条波澜壮阔的大河。

## 第十三章　逃遁北方

身为四足动物中的游泳健将，"白沙皇"过河花了半个小时左右。它挣扎着爬上河岸，甩了甩身子，再次仰望蓝天，聆听风声。这是一片陌生的大地。从大城到小镇，到处都是熙熙攘攘的人群和千奇百怪的发明。然而，和风与蓝天，并无二致，人类无法改变它们。"白沙皇"坚定不移地追寻它们而去。

当然了，它不认识北斗星。谁会说，这颗璀璨的星星在为它指路？大熊座的斗柄似乎与磁极没有联系，但它却奇怪地吸引着"白沙皇"。当然，最大的吸引力还是来自魁北克省的大荒原，而那片原始的大荒原恰恰坐落在文明的边界尽头。很少有美国人意识到，魁北克省向大河以北绵延一千二百多英里，才抵达拉布拉多的边界。

在"白沙皇"看来，这片令它心旷神怡的大荒原宛如生它养它的荒野北疆，它迫不及待地回应着它的召唤。它一连两个小时马不停蹄地前进，始终远离平坦、宽阔而又充满人气味的大路。只要是有人气味的地方，它都会不遗余力地绕道而行。

它越过辽阔的原野，穿过茂密的山林，神不知鬼不觉地躲过了人类的视线和猎犬的嗅探。当星星开始泛白的时候，它便钻入加拿大农民不曾涉足的泥沼腹地，呼呼地睡上一整天。等到夜幕降临，它又起身，不知疲倦地继续向北奔逃。

那天夜里，它废寝忘食，不曾停下赶路的脚步，只因它太执着于逃遁的念头。它必须不停地奔跑，不停地奔跑。这一夜，它跑了五十英里。随着黄昏的来临，它再次钻入目所能及的密林深处，酣畅淋漓地睡了一天。

静谧的夜晚再度降临，它爬出密林，疾步北行。避开了大城

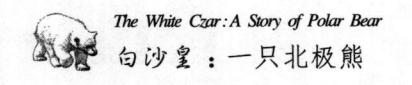

市，它又跑了五十多英里。

黎明时分，它正思量着寻觅白日做梦的藏身之所，突然步入一片空旷的草地，一种闻所未闻的气味扑鼻而来。这是一种浓重的动物气味。

此时此刻，"白沙皇"才意识到，它已经饥肠辘辘了。

它已经空腹奔走了一百二十英里。它蹑手蹑脚地爬过去，只见二十只白晃晃的小动物在它面前活蹦乱跳，一见它便四散而逃。

它们发出小海豹一般的咩咩叫声。

一想到小海豹，"白沙皇"霎时馋涎欲滴。

它没听说过绵羊，但是这些白白的小家伙看着眼馋，闻着嘴馋。于是，它追了上去。

它惊动的正是一群加拿大绵羊。不出几秒钟工夫，"白沙皇"便追上了一只大母羊。大熊爪子一挥，当即打断了绵羊的背脊。这头肉食野兽不忘再补一两掌，然后抓起死去的绵羊，朝密林中走去。这一天，它睡足了就吃羊肉，吃饱了羊肉又继续睡觉。这是它第一次品尝美味的羊肉，从而揭开了它捕食绵羊的序幕。

两天后的黄昏，就在它准备夜行时，偶然碰上了自家的亲戚——黑熊，正在林子边狼吞虎咽。

一看到这头黑熊，"白沙皇"疑云顿起。它见过的熊无一例外地都是白熊。不过，这头熊比它小得多，它一跃而上，打得黑熊落荒而逃。得胜的战利品是黑熊刚刚杀死还没来得及吃完的一只小鹿。"白沙皇"如狼似虎地吃完了小鹿，又兴冲冲地赶路了。

还有一次，"白沙皇"再度从黑熊口夺食。这一回，它发现一头黑熊在捕鱼。黑熊坐在溪边的石头上，全神贯注地紧盯水中。

"白沙皇"一跃而上,打得黑熊落荒而逃

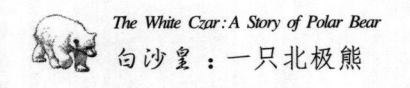

"白沙皇"观察了一阵子，但是它摸不准黑熊在做什么。

其后，黑熊的爪子一闪而过，一条大鱼"扑通"一声翻跃到低岸上。"白沙皇"惊叹不已，当黑熊渔夫捕到另一条鱼时，它冲出来，恶狠狠地赶跑了黑熊。"白沙皇"拾起黑熊落下的鱼，径自吃了起来。从那以后，但凡见到有汇入大海的溪流，它不忘自个儿一展捕鱼的身手。

"白沙皇"始终奔走在距海十英里左右的内陆地区。它不想沿着海岸走，因为它发现人类居住在沿海地区。它既想远离人类，又想吹吹海风，听听海浪。

它来到了一片神奇的大地，满山遍野长满了甜蜜可口的奇异浆果。这是白熊从黑熊亲戚那里学会做的另一件事情。另外，许多清脆的草根也不失为解馋的美食。不得不说，"白沙皇"逃亡的沿途真是一片神奇的大地。然而，这不是它的大地。它的故乡远在荒凉的北冰洋沿岸，它漂泊于浮冰，成长于冰天雪地。这片大地太温驯，太温暖，太舒适了。

它理想的栖地应该更残酷，更艰苦，更能磨炼它的雄心壮志。

经过一个月的跋涉，它来到了一条比较大的溪流边，溪水中的一群群海狸宛如一道道水坝。它也发现了许多北美驯鹿的踪迹，感觉仿佛回到了故乡。

这里的雷鸟同样不可胜数。它确实来到了自己的故乡。

这条河不像它逃跑时穿过魁北克省的那条河。这里的河道高低不平，河岸遍布石头，河水一泻千里。波涛汹涌的河水，仿佛是"白沙皇"体内奔流的血液。它欣喜若狂，自从两个月前被俘以来，它还从未有过这种体验。"白沙皇"纵身跃入河中，游向

## 第十三章 逃遁北方

打着漩涡的水浪，在怒号的湍流中奋力游着。翻腾的河水令它为之一振，激起了它的求胜欲望。它游到对岸，甩了甩身子，抬起大头，嗅了嗅拂过的风。风中有一种浓烈的气味，是它好多个星期没有闻到的气味。这是一股冷风，它情不自禁地张大了鼻孔，使劲地吸着气。这是海水的气息吗？莫非它嗅到了大海？大熊拿不定主意。但是它知道，它终于回到了拉布拉多的故乡。文明的魔爪鞭长莫及，它回到了土生土长、来去自如的故土。谁也不能甩出绳索套上它的大头，谁也不能将它拖入狭小的笼子，若再受侵犯，它将奉陪到底，战死方休。

它自由了，自由了，并将一直自由下去，直到北极的疾风和寒冷终于征服它，它将追随祖祖辈辈的白熊长眠于斯。

## 第十四章　最后一面

艾思忧和阿莫克站在恶名牝山的陡坡上。因纽特人称之为黑魅山，艾思忧、汤凯恩和图克舒当年就在这座山上大肆捕杀麝牛，闻名遐迩。

艾思忧答应过儿子，会带他去参观故地——他杀死第一头北极熊的地方。那头北极熊是"白菜"的父亲，阿莫克仍然用"白菜"来称呼自己的白熊。

他们身处寒风萧萧的冰雪苔原中心腹地。这片荒凉的冻地宛如一条皮带，绵延全球，横亘在泰加林带和北极冰川之间。在这里，只有石蕊和匍匐柳叶箬生长茂盛，只有北美驯鹿、驯鹿和麝牛栖息繁衍，一些狐狸和凶恶的白狼也在这片荒凉的地区朝不保夕地艰难生存。

艾思忧带着阿莫克来到了那块巨石旁。当年他就在此绝地遭遇并杀死第一头"白沙皇"，也差点丢掉了自己的性命。

他仿佛回到了从前，朝气蓬勃地叙说绕过巨石时突遇猛兽，好在他及时开枪，却只打伤了大熊的头部。"白沙皇"怒不可遏，

## 第十四章　最后一面

打掉了他手中的步枪,双方都咬紧了牙关。就在大熊逐渐向他施加致命碾压的关键时刻,艾思忧不忘补刀,最终一刀直插猛兽的心脏。他还口沫横飞地谈起自己在死熊身下掘雪挖洞,多亏他的聪明才智,他才得以在天寒地冻的冬夜捡回一命。

阿莫克听完后双眼圆睁,大嘴难合,艾思忧不无得意。

自从艾思忧和阿莫克结束划时代的大城市之旅,回到因纽特大地,不知不觉已过去两年。阿莫克如今十一岁,已是虎背熊腰的少年了。他身材高大而魁梧,在同龄人中出类拔萃,立志追随父亲的脚步,成为勇往直前的大猎人。听着父亲娓娓道来的传奇故事,他机警而笔挺地站在那里,腋下挟着寸步不离其身的小步枪。

"我好想再看到'白菜',希望它一切安好。"听完故事,阿莫克唏嘘说。重见"白菜"是小伙子心里挥之不去的愿望。尽管时过境迁,物是人非,尽管艾思忧一而再再而三地诉说,"白沙皇"或许已经血洒加拿大荒野,然而阿莫克从未放弃过希望。他始终在耐心地观察和等待着,只希望能再见到"白菜"一面。

"好吧,也许有机会。"艾思忧言不由衷地说,他只当是迎合儿子的迫切心情。

父子俩放眼昔日的战场,静静地站了一阵子。艾思忧转过头,凝视毗邻北冰洋的辽阔苔原,他知道,到达那里大概要往东走十英里的路程。突然间,他神色凝固,热切的双眼似乎比以往显得更为犀利。最后他又用手遮住了脸,表情变得更加专注。

阿莫克已经察觉到他的入迷,也跟着远眺冰雪覆盖的苔原。他不及父亲眼神犀利,没有看出端倪。艾思忧最终开口了。

"那边有情况,我看不清楚。它白得像雪,但是在移动。它

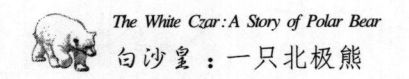

朝这边走过来了。戴上望远镜，看看你能不能看清楚。"他将随身携带的小型望远镜递给了阿莫克。

少年兴冲冲地接过望远镜，他摘下仍需时时佩戴的眼镜，把望远镜放到了眼睛前。他急切地凝视良久，半晌不吭一声。

最后，他将望远镜往雪地一扔，兴奋地叫起来："是'白菜'，是'白菜'！它朝这边山头走过来了。"

艾思忧面露笑容，深情地望着儿子。

"是噢，"他说，"看得出是一只白熊，但是你怎么知道是'白菜'呢？所有的白熊在你看来都是'白菜'。"

"哦，不是这样。"阿莫克兴奋得几近手舞足蹈。

"是'白菜'，我看得出它的步子，认得出它的脸庞。

"其他的白熊看起来不像'白菜'。我知道是它。"

"我要下山会一会它。"

"慢着，"艾思忧厉声说，"你不能确定那就是'白菜'。就算是它，你也不要靠近它，毕竟好久没见面了。走得太近，也许它会一口咬断你的脖子。"

阿莫克面露难色地看着父亲。

"'白菜'会不认识我吗？'白菜'会咬我吗？您等着瞧。"

"你已经不是从前的阿莫克了。"艾思忧又说，但是阿莫克没有搭理父亲。他把步枪往石头前的雪地里一插，随即扣紧了皮带。多年前的危急关头，为了从拉雪橇的狼犬口下抢救滚下山的死麝牛，艾思忧在滑下雪山前摆的也是这一个姿势。

阿莫克的无畏精神令艾思忧大为感动，但他仍有微词。

"好吧，"他说，"如果你一定要去，千万要小心。我会用步

## 第十四章 最后一面

枪瞄着它,只要它攻击你,我就开枪。当心点,别滑雪太快。"

阿莫克没来得及听到这最后这句劝告,他已经飞快地滑下了光溜溜的山坡。

一眨眼的工夫,他就站在山脚向父亲挥手了,艾思忧连忙也挥了挥手。

山坡上观望的因纽特人接下来见证了终生难忘的场面,尽管他深谙野兽的性情。

此时,大熊到山脚还有两百码的距离。熊的视力相当差,它也许并没有看到阿莫克。

小男孩除了腰上别着的猎刀,并未携带其他武器,然而他飞快地走向大熊,时不时还停下步子,用两根指头吹出一声尖锐的口哨。"白菜"还是小熊崽的时候,他就是这么呼唤它的。

听到第一声口哨,大毛熊停下来东张西望。它听到了口哨声,但是还不清楚出自何方。

阿莫克又兴奋地吹了一声口哨,接下来又大喊着"呼,呼,呼"!这是因纽特人呼唤狗队起跑的词语。"白菜"还是小熊崽的时候,这也是他对它用过的呼唤。

"白沙皇"静静地站了片刻,而此时,艾思忧的步枪已经瞄准了它。阿莫克不经意地一回头,看到父亲的步枪已经高高地举起,他匆匆往左一窜,用自己的身体挡住了枪口。

见此情景,艾思忧无奈地放下步枪。小伙子的勇气令他由衷地佩服,尽管眼前的情景让他的心脏怦怦跳,几乎要到嗓子眼上,然而他不再举起步枪。

阿莫克再次吹响了口哨,清脆而响亮的口哨声在艾思忧的耳

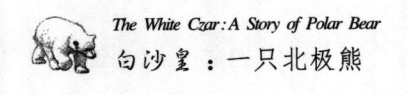

边回荡。

"'白菜','白菜',过来,我是阿莫克。我喂过你小海豹,喂过你海鸟,还喂过你小海象,我是你的朋友。你熟悉的阿莫克,'白菜','白菜',过来,呼,呼,呼。"

大熊似乎在思索,它慢吞吞地走着,来到了相距五十英尺的小男孩跟前。它犹豫着停下了脚步。小男孩清脆的声音再次回响在艾思忧的耳边。

"'白菜','白菜'过来,我是阿莫克,你的朋友阿莫克。"

此时,"白沙皇"拖着一身七百多磅的肥膘缓缓地走过来,在阿莫克伸出的手前止步。

小男孩没有轻举妄动。他只是静静地站着,等候大朋友的进一步行动。

"白沙皇"围绕他转了两圈,甚至嗅了嗅他的皮裤。阿莫克依然没有任何举动。

大熊两次缓缓地走过他的身旁,侧身蹭了蹭他的身子,先蹭了一边,接着蹭了另一边。然后,它转过头,缓缓地走出几步。它又回过头,看了看小男孩。

"'白菜','白菜',"小男孩呼唤,"跟阿莫克走吧,阿莫克喜欢你,'白菜',跟阿莫克走吧。"

熊似乎在全神贯注地听着,揣摩这句话的意思。它又掉过头,面朝冰冻的北冰洋,无声无息地走开了。它一次次停下脚步,回头张望,每次停留的时间短过前一次。

它远去的身影越来越小,在白雪的映照下越来越白。入夜的薄暮正在迅速笼罩着大地。

## 第十四章　最后一面

当天的太阳仅出现了一个小时,而他们恰恰在中午看见了"白沙皇"。艾思忧远眺渐渐昏暗的雪山,他的"火眼金睛"再也看不见鲜亮的白熊,于是他拿起望远镜,寻找阿莫克的下落。

他正在气喘吁吁地往山坡上走来。

"等等,我马上下来,"艾思忧大喊,"山上再也没什么看头了。"他滑下山坡,一眨眼就来到了意犹未尽的儿子身边。

"您看到'白菜'了吗?您看到它还好吗?您看它长得多大呀!它就像一头公海象。"

"看到了,"艾思忧喜出望外地说,"'白菜'的模样,我都看到了。我很害怕它,血都凉成雪水了,心快冻成冰了。拿好你的步枪,阿莫克。我们现在就归队,汤凯恩和图克舒会担心我们是不是迷路了。"

他们步履蹒跚地走在雪地里,一声不吭地走了一阵子。阿莫克突然发话:"'白菜'还会回来吗?我还能见到它吗?"

"我想它刚才是在跟你说再见,白人都是这么说的,我觉得'白菜'是在说再见。"

艾思忧拍拍儿子的肩膀,深情满满地望着他。

"我也是这么想的,"他说,"是的,我可以确定。"

"野兽之神在召唤"白沙皇",它已经应召而去,这很好。它的家是在海豹、海象栖息的浮冰上,你不要指望它回来。"

"风、雪和严寒都在召唤它。"

"这些都是白人所说的大自然。它们一声召唤,动物们不敢不从,人类也是如此。是了,风、严寒和雪在召唤它,它已经回应了召唤,好样的。"